徳間文庫

疾風の義賊㈢

乱雨の如く

辻堂魁

徳間書店

目次

おもな登場人物

斎 乱之介（いつきらんのすけ）　捨て子であったが、育ての父である小人目付・斎権兵衛（ごんべえ）の薫陶を受け、隠密術・武術を身につける。権兵衛は当時中奥番役であった鳥居耀蔵の策謀で一揆の首謀者とされ刑死。鳥居への復讐を心に誓った乱之介は仲間らとともに、天保世直党を名乗る。二十九歳。

代助（だいすけ）　乱之介の浮浪児時代からの仲間で、石飛礫を得意とする。三十一歳。

羊太（ようた）　乱之介の浮浪児時代からの仲間で、代助の弟。二十八歳。

惣吉（そうきち）　房総の元鯨捕りで怪力の持ち主。小伝馬町の牢で乱之介の命を救った縁から仲間に。二十八歳。

三和（みわ）　乱之介同様、鳥居耀蔵に父を殺された娘。十九歳。

お杉　元・深川の女郎屋の遣り手で人買い。浮浪児であった乱之介を買い、斎権兵衛に売ったことで乱之介の運命を変える。

甘粕孝康（あまかすたかやす）　目付。鳥居耀蔵の命で天保世直党を追うが、乱之介の生き様に強く惹かれ、自ら捕縛を誓う。乱之介の好敵手。二十九歳。

甘粕克衛（あまかすかつもり）　孝康の父。かつて筆頭目付であったが、部下である斎権兵衛が一揆の首謀者とされたことから隠居。六十四歳。

森安郷（もりやすさと）　孝康に仕える小人目付。かつて権兵衛の部下だった。五十一歳。

大江勘句郎（おおえかんくろう）　北御番所隠密廻り方同心。鳥居の腰巾着。四十六歳。

文彦（ふみひこ）　大江の手先。乱之介、代助、羊太の浮浪児時代を知っている。四十六歳。

鳥居耀蔵（とりいようぞう）　筆頭目付。策謀に長け、権力を濫用することから妖怪ともあだ名される。朱子学の大家・林家が生家であることから陽明学や蘭学に異様な敵意を燃やしている。四十四歳。

緒　雷電組

一

　そのとき、西北の空を覆う黒雲に、遠い稲妻が走った。

　家士は大年寺僧房の回廊に足を止め、青々とした木々に囲まれた青葉山城を見上げた。

　稲妻が走った黒雲は、美しいお城の背景に低く垂れこめ、怪しく忍び寄っていた。

　家士は、青葉山丘陵東端のお城より、寺の土塀ごしの木々の間をすかした東方に眺められる広瀬川の、ゆったりとした流れへ目を向けた。

　広瀬川の手前に愛宕神社があり、愛宕橋が架かる流れの向こうに城下の家並が広がっていた。北西の空の果てに黒雲がかかっているものの、家並の上空は幾つもの白い雲が流れ、初夏の日が差したり陰ったりしていた。

大年寺は、青葉山丘陵南の茂ヶ崎(もがさき)丘陵の東端に建つ古刹(こさつ)である。

僧房の方から、《青葉会》の同志らの声が回廊にまで聞こえてきた。

家士は、ふと、不安にかられ、ゆるい足どりを歩ませた。

気がはやるのはわかるが、もう少し用心せねば……

そうひとり言(ご)ちた。

その昼下がり、至急な談合に集まれるだけの同志十三人が、歴代当主の霊廟(れいびょう)でもある大年寺に顔をそろえていた。

人目につく御城下の町地は避け、青葉会の談合はしばしば大年寺の僧房で行った。

昨日、竹越亮善(たけこしりょうぜん)より届いた書状が、この春より、江戸の上屋敷において密(ひそ)かにささやかれ出した奇妙な話を伝えてきた。

文化九年の《お濃(のう)さまの変》のさ中、生後三月でご病死なされた、と伝えられていた真之丞(しんのじょう)さまがご存命らしい、という内容の書状だった。

青葉会の同志の間に激震が走った。

幽霊話にては無之候(これなくそうろう)……

と、竹越の書状には書かれてあった。

話の出どころは、江戸家老・桧垣(ひがき)京左衛門(きょうざえもん)の家人のある者からで、桧垣と番方の組頭・田村蔵六(たむらぞうろく)がその件の対処について再三密議を凝(こ)らしている、ともあった。

それが実事(じつじ)なら、桧垣鉄舟(てっしゅう)の権勢は一気に瓦解(がかい)するだろう。

なんとしても、事の真否を明かさねばならない。

その日の大年寺の談合は、江戸へ同志の誰を、どのように遣(つか)わすか、国元においてかつての事情を知る者を捜し出し、事情を調べることなど、青葉会の方策をたてる談合だった。

青葉会の同志の間では、二十七年前の文化九年、桧垣鉄舟を領袖(りょうしゅう)とする《誠心会(せいしんかい)》が起こした御世継ぎを廻(めぐ)る政変を、御中臈(おちゅうろう)・お濃さまにちなみ《お濃さまの変》と密かに呼び習わしていた。

家中では、三十年近い歳月をへた今なお、幽霊話が伝わっている。

いわく、お城奥向きの御中臈・お濃さまの部屋は開かずの間になっている。

なぜならお濃さまの命日、お濃さまが御出産なされた先々代ご当主・斉広(なりひろ)さまご直系の男児・真之丞(しんのじょう)さまの命日には、赤子の泣き声とそれをあやす女性の悲しげな声が真夜中に聞こえる。

赤子の泣き声は、ひがき、ひがき……と呼んでいる、と。

家士は回廊から僧房へ戻った。

顔を紅潮させた若い同志らの、激しいやりとりが交わされている。

みな身分は低くとも勤めがある。江戸出府の届けには名目がいる。またこちらの動きを誠心会に悟られてはならぬ。では誰がいく。部屋住みの……

青葉会の同志は、お濃さまの悲嘆、真之丞さまの無念を忘れるな、と合言葉のようによく口にする。

ただ、青葉会の多くは文化九年の政変が起こったときは、まだ生まれていない。

《お濃さまの変》はそんな同志らの、親の代の出来事だった。

それはすなわち、親から倅へ代替わりをし、幽霊話ができるほど長いときが流れ、陸奥笠原家において御側用人・桧垣鉄舟の権勢が、なおゆるぎなく続いている証でもあった。

「みな、もう少し静かに話を進めよ。外に声がもれているぞ」

僧房に戻り、舞良戸を後ろ手に閉めて言った。

昂揚した若い同志らは、家士にたしなめられ、照れくさげに笑った。

家士は胸に兆した不安を抑え、一座の中に端座した。

僧房の窓より、障子ごしに淡い光が差している。

「沢村さん、ここは沢村さんに出府していただき、沢村さんと竹越さんの協議で方策が決まれば、われら一丸となってそれに従います」

「そうだな。最終の判断はやはり沢村さんと竹越さんにお願いします」

「その間、国元の者は三十年前のことを覚えている人々を見つけ出し……」

そんな声が上がった。

「わたしがいくとして、共にいける者は誰がいる」

沢村は溜息と一緒に言葉を発した。

あの者は部屋住みで……彼の者は親が今病に伏せっており……この男なら確実に

……いやあれはこういう役目には……

と、口々に言い合って、方策はまとまらず、談合は堂々巡りをした。

半刻がすぎたころ、僧房の窓に差していた日が陰り、急に部屋が暗くなった。

風が吹き、境内の樹林がざわざわと音をたて始めた。

「誰か、庫裏へいって灯をもらってきてくれぬか」

「それがしがいってまいります」

一番年若い士が部屋を出て、回廊に身軽な足音を鳴らした。

それへ合わせたかのように、次第に近くなった雷鳴の響きが伝わってきた。

「雨になるな」

沢村は、半刻前、回廊より仰ぎ見たお城の天守閣に架かっていた黒雲を思い出し、かすかな不安を覚えた。

「ひと雨くれば、涼しくなりましょう」

誰かが言った。

「ところで沢村さん、真之丞さまが生きておられるなら、一体それはどういう経緯なのでしょうか。何があったと思われますか」

「そうそう、真之丞さまが生きておられたら御年二十九。どのように暮らしておられるのでしょうか」

議論に飽いて、別の誰や彼やが興味深げに沢村に言った。

「さあな。わたしはあのころは五つの子供だったので、主家に何があったのかよくは知らないのだ」

「ですが、真之丞さまが生きておられたとして、その方が真之丞さまと明かす手だてはあるのですか」

沢村は首をかしげた。

「それはむずかしい。しかしどんなにむずかしくとも、そのお方がまことの真之丞さまであれば、なんとしてもお明かしせねばならん。それがわれら家臣の務めだ。正義はわれら青葉会にある。天ぞ知る。必ず手だてがあるはずだ」

「そうですよね。ええ、きっとそうに違いありません」

「しいて言えば、ずっと以前、人伝に聞いた話だが、真之丞さまはお生まれになったばかりのとき、背中の左肩の貝がら骨の下あたりに、小さな青い痣があったそうだ。それが残っているかもしれぬし、残っていないかもしれぬ。しかし、痣は間違いなくあった、と見た者が言っていたそうだ」

「青い小さな痣、ですか」

一同が頷き合ったとき、どろどろ……と雷の音がいっそう近くなった。

回廊で声がした。

「明かりをお持ちいたしました」

ふと、沢村は新発意が明かりを持ってきたのかと思った。

声が違う気がしたのだ。

と、舞良戸に近い者が立ち、何も疑わず戸を開けた。

舞良戸を開けた同志が硬直した。

同志の向こうの薄暗い回廊に人影が重なり、立っていた。

「あっ」

雷の音で、同志の絶叫がかき消された。

回廊の影がひと突きした刃が、同志の腹を貫いていたのが見えた。

続いて、舞良戸が両開きに開け放たれ、身拵えをして抜刀した男らが立ち並んでいた。

一瞬、僧房の中が冷たくこう着した。

稲妻が男らを鮮やかに照らし、雷鳴が轟き、風がうなった。

「雷電組だあっ」

叫び声が上がった瞬間、同志の腹を貫いたまま、最初の男がけたたましく畳を鳴らして踏みこんできた。そして貫いた刀を引き抜いた。同志が倒れるわずかの間に、飛沫となって血が噴き出した。

「せえいっ」

雄叫びとともに、止めの袈裟懸が浴びせられた。

それを合図に回廊の男らが、獣の雄叫びの中、一斉に襲いかかってきた。

あっという間に数名が斬り伏せられ、悲鳴を上げ、横転した。

誰ひとり、刀を抜く間もなかった。

ひとりが刀に手をのばした途端、背中から串刺しにされた。

串刺しの士が四肢を痙攣させた。

刀の柄に手をかけたまま頭蓋を割られた者、上段より打ち落とされた者、逃げ惑って折り重なって転倒し、とり囲まれ繰りかえし斬撃を浴びた者らの喚き声と血飛沫、腕や首、肉片が僧房の薄暗がりに飛び交った。

沢村は雷電組の急襲と同時に刀をつかんでいた。

だが刀を抜く間もなく、最初に襲いかかってきた男のひと薙ぎを腕に受けた。

かろうじて致命傷をまぬがれたが、右の腕より血が噴いた。

沢村は二の太刀、三の太刀と獰猛な叫び声を上げて襲いかかってくる打撃から、くるくると身体を回転させ、左手の鞘のままの刀で防ぎ、懸命に逃れた。

が、次の一撃が眉間をかすめ、沢村の身体は僧房の窓へ倒れかかった。

「わあっ」

そのまま身体を躍らせ、障子を突き破って宙を飛び庭まで転がり落ちた。

黒雲に雷が鳴り、冷たい風が境内の樹林を騒がせていた。

突き破った僧房の窓の中で、斬り合い、斬殺が地獄絵のように続いている。

喚声と悲鳴が風の音と交錯した。

沢村は必死に立ち上がり、木々の間をよろけながら走り抜けた。

雷電組の討手が執念深く追ってくる。

大年寺の本堂があり、本堂より山門まで敷きつめられた石畳を、腕と眉間から血をしたたらせながらもつれる足で逃げた。

山門に垂れこめた黒雲に、また稲妻が走った。

風が耳の奥で地鳴りのようにうなっていた。

しかし山門は閉じられ、鉄鋲打ちの部厚い門扉の前に羽織袴の数名の男らが、物々しさもなく、粛然と佇んでいた。

その男らの中心に、来栖兵庫の姿があった。

来栖は石仏のような眼差しを、沢村に投げていた。

「おぬしら、犬めが」

沢村はうなり、なおもよろめく足どりで、山門へ近づいていった。

斬撃を浴びた右手は使えず、下げ緒を咥えて左手で刀をやっと抜いた。

来栖が静かに羽織を脱いだ。

それを隣の男にあずけ、黒袴の裾からのぞく純白の足袋と草履の足下を静かに舞うように踏み出した。

来栖の舞いは三歩踏み出し、石畳に物静かに佇んだ。

境内を走る風が小袖の袂や袴の裾をなびかせたが、来栖は腰の両刀に手も触れていなかった。

沢村は左手で刀を上段へかざし、咥えた下げ緒を吐き捨てた。

石畳に黒鞘がからからとはずんだ。

「桧垣の走狗、忠義の刃を受けてみよ」

沢村が歯を食い縛りうめいた。

来栖は風の中の孤樹のように、所在なさげに佇んだままだった。

よろけつつも、沢村は二間から一間へと間をつめた。

「たあああっ」

沢村が最後の絶叫を上げた。

来栖目がけ一撃を見舞うかに見えた。

が、一間をきるかの刹那の間で、閃光が両者の間を交錯した。

沢村の絶叫が途ぎれた。

雷鳴が轟き、風がうなっていた。

沢村の上段にかまえた一刀が、その風の中で虚しくゆれていた。

来栖の抜き打ちから袈裟に落とした剣が下段に下り、半歩踏み出しやわらかく膝を折った姿勢で、身動きひとつせず停止していた。

周りの男たちも、沢村を追ってきた討手も、来栖の剣捌きを見極めることはできなかった。その速さに男らの眼差しすらが追いつかなかった。

ただ、風の中にそよいでいた沢村が、果敢なげに石畳へ崩れ、横たわるのが見えたばかりだった。

二

初夏の江戸、昼下がりの日差しが、惣門より根津権現社地まで続く根津門前町の通りに落ちていた。

通りの東西に軒をつらねる妓楼の張見世では、派手な衣装をまとった女郎らが、格子戸ごしに昼からの嫖客を引いている。

初夏には珍しく汗ばむ陽気が、妓楼の若い者の客の呼びこみや張見世の女郎の嬌声を埃っぽい通りに開放していた。

どこかの二階座敷では、早や三味線太鼓も賑やかにさんざめいている。

嫖客は根津権現の参詣を口実にした町民風体が多いが、中には編笠や菅笠に顔を隠した侍もいる。どうせわずかな遊興費を懐にした、どこかの田舎大名の鄙びた勤番侍か貧乏旗本や御家人の部屋住みあたりである。

水売りの行商が、両天秤で流しているその根津門前町通り東側の上横町を、一匹の野良犬が横ぎった。

半町先はもう社前という中坂横町の、参詣客が見すごしそうな裏通りの一画。《会席即席御料理》と記した軒行灯と臙脂の半暖簾を下げ、表の格子戸もさり気ない料理茶屋・五木屋でも、昼の忙しいときが終わって客足の途絶えた刻限を迎えていた。

一階勝手の土間から勝手口を出た裏庭に井戸があり、井戸の周りの欅の木々の間を夏燕が飛び交っていた。

裏庭の西側に主屋の二階家、裏庭を囲う板塀の南側が隣の妓楼、北側と東側は小役人の組屋敷の瓦屋根がのぞいている。

板塀には木戸があり、木戸をくぐって組屋敷と組屋敷の間の人がいき違えるほどの路地を幾つか曲がって、門前町の裏門へ出ることができる。

裏門から門前町の社地を巡る藍染川に二間ほどの木橋が架かっていて、そのあたりは、あけぼのの里と呼ばれている。

折りしも、昼下がりの木漏れ日(こもれび)が降る井戸端で、痩身(そうしん)の男が諸肌(もろはだ)脱ぎになって汗をぬぐっていた。

粋(いき)な町人風の小銀杏(こいちょう)に綺麗(きれい)に剃(そ)った月代(さかやき)が青々とした、身の丈およそ五尺八寸。

わずかに日焼けした引き締まった身体に、ふき残した水滴が光をはじいていた。

じっと前を見つめる二重の大きな目と、こけた頰(ほお)や少々の鷲鼻(わしばな)のひと筋に、心なしか寂しげな愁(うれ)いを湛(たた)えていながら、どこか冷ややかな笑みを浮かべたふうに歪(ゆが)めた唇が、男の表情をいわくあり気に見せていた。

けれどもその風貌は、童子の心のまま背がのび、無理やり大人ぶって意気がっているふうに見えなくもなく、隠しきれない幼さが純朴な聞かん気を持て余しているかのようにも見えた。

男の年のころは、二十八、九。五木屋では板場を任され、みなから《板さん》と呼ばれている料理人だった。

そこへ、桶(おけ)を持って若い女が勝手口から現れた。

女は島田に結った髪に黒塗りの笄(こうがい)を一本、粋(いき)に差して、それがほのかな朱に染まった白い顔に似合っていた。

物静かだが美しい顔だちである。ほっそりとした娘の身体つきに、二十歳(はたち)の年増になるかならぬかの、初々しい色香がかすかにかげる。

《お仲さん》と五木屋では呼ばれている仲居の下駄が軽やかに鳴って、板さんがふり向いた。

「板場は暑くてね。やっとさっぱりした」

板さんはお仲さんへ、身体をぬぐった手拭をすすぎながら微笑んだ。

「でも、寒いのよりわたしは夏が好き」

お仲さんが応え、井戸端へきて、

「あら……」

と、白い歯を見せた。

うん？　板さんがまた笑みを投げると、お仲さんは板さんの背中を見つめている。

「どうかしたかい」

「どうもしないけど、乱さん、ここに小さな痣があるわ」

お仲さんはそう言って、板さんと呼ばれている乱之介の背中の貝がら骨の下あたりを指先で突いた。

「乱之介じゃないよ。板さんだからね、おれは。三和は仲居のお仲さんだよ」

笑いかけた乱之介の湿った肌が、お仲さんの突いた指先を撥ねかえした。

「そうだわ。気をつけなければ」

仲居役のお仲さんと呼ばれる三和は桶をおき、

「でも板さん、ここに痣があるのは知っていた？」

と、また乱之介の背中を指先で突いた。

「父がおれを養子にしたとき、わたしを風呂に入れて言っていた。おまえのここに小さな痣がある。おそらく生まれながらのものだろう。これはおまえの素性を明かす印だ。大事にせよ、と。けどおれは、おのれの素性を明かす痣を見たことがない」

「板さんは自分の素性が知りたいの」

「ああ、知りたいね」

乱之介は諸肌脱ぎの麻の単の袖に手を通した。

博多の帯を音をたてて締めなおし、井戸の釣瓶をとった。

水を汲んで三和の桶に勢いよく入れた。

井戸は四本柱の板屋根で覆われている。

三和はその柱にそっと手をかけ、木漏れ日へ白い顔を向けた。

「どうして知りたいの？　素性を知ってどうするの？」

「知りたいということに理由はない。知らないから知りたい。それだけさ」

乱之介は桶に水を足した。

木漏れ日を見上げる三和の横顔が、不思議そうに笑った。

「わたしは知らないことばかりだったけれど、知りたいと思うことなんて、少ししかなかった。でも人は、知らないことが沢山あると、辛い目にも沢山遭うのね。乱さんと暮らしていて、そんなことがだんだんわかってきたわ」

「ふん。板さんだからね、おれは。お仲さん、いこう」

乱之介は桶を持ち上げた。

二人は勝手口の土間から板場の土間へ入った。

三つ並んだ竈に鍋がかかり、その日の店仕舞いまで絶やさない竈の火が、小さな炎を上げている。

竈の並びに大きな流し場、食器棚があり、人が楽にいき交いできる土間をはさんで広い板敷と食器箪笥や調理食材を並べた棚、酒や醤油、味醂、酢などの樽、塩、砂糖、山椒、芥子、山葵、油、胡麻、などの調味料の壺が並んでいる。

板敷の真ん中には大きな俎板が据えてあり、乱之介は土間の方を向いて俎板につき菜箸と包丁だけで料理を拵える。

「夜の支度にかかる前に、茶を飲もう。おれが淹れてやるよ」

水瓶に桶の水を移しつつ言った。

「ええ。ありがとう。でも麦茶を拵えたの。冷たい麦茶をいただきましょう」

「そうか。もう麦茶が美味い季節だな」

三和が流し場のそばの土瓶から湯飲みに麦茶を汲んだ。

二人は板敷の上がり端に拵えた落ち縁にかけ、冷えた麦茶を含んだ。

「三和。仕事の手ぎわがよくなったな」

乱之介は、お仲さんではなく、三和と言った。

「そう思う？」

「思うよ。見ていてとても楽しそうだ。旅暮らししていたときは、もっと思いつめた様子に見えた。今の仕事を始めて、三和は明るくなった」

三和が頷いた。

乱之介が言いかけたところへ、内証の方の廊下に下げた半暖簾を払って、お杉と代助が帳簿を持って現れた。

「よ、お二人さん。いいところにいた」

小柄で痩せっぽちの地黒に、やや反っ歯の代助が明るく言った。

「ちょうど今までね、支配人とこのひと月の収支を確かめていたところさ」

六十近いお杉が帳簿を叩いて乱之介のそばに坐り、代助は三和のそばへ坐った。

三和が二人へ麦茶を出した。

「すまないね。お仲さん」

お杉は相変わらず、白粉（おしろい）こってりに赤い唇の間から鉄漿（おはぐろ）をのぞかせた。

「どうだった。開店早々の収支は」

「初日をのぞいた十日ばかりはさっぱりだったが、それからだんだん客が増え始め、ここんとこ毎日売り上げがのびている。このひと月の収支は、どうやら少しだが儲（もう）けが出そうだ。こんなに上手（うま）くいくなんて、思わなかった」

代助が麦茶を含み、小首をかしげた。

「板さんの腕がいいんだよ。料理までできるんだね。大したもんだ」

お杉が乱之介へ、鉄漿を光らせて笑いかけた。

「父親にまず飯炊きから仕こまれた。食い物を拵える仕事は剣よりも大事な人の務めだとね。まず、人として強くならなければ剣には強くなれぬ、と父親はそういう考えの人だったのだ」

「親父（おやじ）さまが偉かったんだね。斎権兵衛（いっきごんべえ）さんは見どころのあるお侍さまだったもの。けけけ……」

と、お杉は乱之介の肩を叩いて高笑いした。

「あはは……そうかもしれぬ。油断はできんが、ともかく、まずまずの出だし、ということだな」

この春の桜が咲くころ、お杉は根津門前町の地主であり顔利きでもある文左衛門の仲介で、井八郎という年配の主人が中坂横町の裏通りで営んでいた料理茶屋を、居抜きで譲り受けた。

お杉と文左衛門は、お杉が深川の女郎だったころよりの馴染み客で、互いの脛に持つ疵を知りつくした腐れ縁でもあった。

お杉の「どっか、適当な売り出し中のお店はありやせんか」というわけありの相談に、「お杉のためならしょうがあるめえ」と、どんなわけありかも訊かず、目をつぶって井八郎の料理茶屋を世話してくれた。

裏通りということもあって客の入りは今ひとつだし、もう年で裏店に引っこんで隠居暮らしでも、と井八郎は料理茶屋を前から売りたがっていたらしい。

古い茶屋だが、手を入れれば十分やっていける、これなら乱さんやあのやんちゃ坊主たちも気に入るよ、とお杉はこの根津門前町の料理茶屋に決めたのだった。

「儲けはいい。おれたちが江戸でしばらく落ちつけるねぐらがほしい。お杉さん、なんとかならないかい」

乱之介の頼みに、

「任せてくださいな」

と、お杉が胸を張っただけのことはあるお店だった。

「お杉じゃちょいと、具合が悪いのさ」

文左衛門はお杉が言うのを承知で、お店を、お栗という昔の馴染みの女名前にし、後見人にたってくれることになった。

お杉がお栗となってお店に手を入れ五木屋と屋号も変えて女将を務め、乱之介が権三の名で板前を、支配人役は代助が信吉の名で務める。三和は仲居のお仲、雇い人の若い衆は羊太が小一、惣吉が寛助の二人にし、晩春のころ、ひっそりと店開きした。

そうして今は四月、五木屋の店開きからひと月と数日がすぎたところである。

四人があれこれとひと月をふりかえっているところへ、羊太と惣吉が使いから戻ってきた。

「ふう、今日はえらく蒸すぜ」

台所の土間に入ってきた羊太は大きな吐息をつき、色白の童顔に浮かんだ汗を手拭でぬぐった。

羊太の後ろから籐の籠を背負った惣吉が入ってきた。

惣吉の人なつっこい笑顔にも汗が浮かんでいた。羊太は代助ほど小柄ではないが、安房勝山の元鯨捕りで六尺四寸の大男の惣吉のでかさがきわだった。

ただ形はでかくとも、惣吉の日焼けした顔もあどけなく、愛嬌がある。

羊太二十八歳、惣吉二十八歳。二人は馬が合うのか、行動を共にすることが多い。

三十一歳の代助と羊太は兄弟である。乱之介と代助・羊太の兄弟は、二十三年前まで、深川永代寺の床下で暮らした浮浪児仲間だった。

「やあ、二人ともご苦労だった。まくわ瓜は売っていたか」

「売っていたよ、乱さん。今年は異変らしくて、えらく早く実がなったそうだぜ。惣吉、籠を下ろせ」

おお――と、惣吉が背負っていた籠を土間に下ろした。

三和が二人に麦茶を入れた。

「暑かったでしょう。冷たい麦茶よ」

二人は三和が盆に載せて出した湯飲みの麦茶を、喉を鳴らして一気に飲み干し、

「ふう、うまい。お三和さん、もう一杯」

と、羊太が母親に甘える童子みたいに言った。

羊太は五木屋で決めた呼び名で呼び合うことをすっかり忘れている。そこがまた羊太らしいのだが。乱之介が苦笑いしながら、

「早生（わせ）にしては、できがいいじゃないか」

と、籠の中の黄色いまくわ瓜をひとつ手にとった。

どれどれ、と代助とお杉が土間へ下り、籠の中に重なるまくわ瓜をのぞきこんだ。

「そうだろう。鳴子坂（なるこざか）の百姓がこんなに早くなるのは珍しいって言ってた」

「わざわざ買いにきてくれたからって、百姓が安く売ってくれたよ。なあ」

羊太と惣吉が、自慢げに顔を見合わせた。

まくわ瓜は水菓子という異名の夏の果物である。葵（あおい）うり、とも呼ばれ、将軍家が好んで美濃下真桑村（みのしもまくわむら）の農産物だったものを府中（ふちゅう）の是政（これまさ）と新宿の鳴子坂で栽培させ、江戸でもまくわ瓜の行商が夏の風物詩になるくらい人気が高まった。

普段は五月の終わりごろからそろそろ出廻り始めるのが、今年は鳴子坂の村でひと月以上も早くなっている、と五木屋のお客に評判を教えられ、今朝早く、羊太と惣吉が買い出しに出かけたのである。

「これなら料理に一品添えて、彩（いろどり）になる」

「もうまくわ瓜かい。夏らしくなってきたじゃないか」

お杉の白粉顔に黄色いまくわ瓜が、妙に派手である。代助が鼻を近づけ、

「甘そうな香りがする」

と、反っ歯をむき出してにんまりした。

「みなで味見をしよう。お仲さん、二つばかり、きってくれるかい」

はい——と、三和が流し場でまくわ瓜を洗い、隣の調理台で包丁を使い始めるのを見ていた羊太が言った。

「そうだ、乱さん、今日、新宿の掛茶屋で客が話していたのを聞いたんだけど……」

「羊太、板さんと呼ばなきゃ駄目じゃないか」

代助がたしなめた。

「いけねえ。そうだった。でさ、板さん。客の話では、鳥居耀蔵の洋学者の詮議がだんだん厳しくなっているんだってね。近々、一斉とり締まりが行われるらしくて、洋学者とその仲間を選別している最中なんだってよ」

「おらも聞いた。こいつは捕える、こいつはほっとけとか、今、選り分けているんだと。おら、この春の松井万庵先生のことを思い出して、ちょっとどきどきした」

惣吉が幼さの残る顔を険しく歪めた。

「近々、一斉とり締まりの噂かい。鳥居耀蔵なら、やりかねねえな」

代助が乱之介へ見かえり、怪訝そうに言った。

「洋学者の中には、お上の詮議が厳しいから、しばらく江戸を離れる支度をしている人もいるって話だった」

「鳥居耀蔵って、例の御目付だね。またなんかやらかそうと策を廻らせているのかい。こりない男だね」

お杉がまくわ瓜を籠へ戻した。

調理台の三和が手を止め、さり気なくふり向いて羊太と惣吉の噂話に耳を傾けた。

包丁の手が止まり、三和の横顔がかすかに蒼ざめていた。

「お仲さん、まくわ瓜はまだかい。待っているんだよ」

乱之介は三和へ微笑みかけた。

戸を開け放った土間の勝手口の外に、夏の昼下がりの白い日溜りが見えていた。

一之章　事の次第

一

大江勘句郎は去年、天保世直党による南茅場町大番屋襲撃の折り、大鬼に折られ隙間ができた前歯を剝き出して、丸い腹をゆさぶっている後ろの文彦へ、一重の垂れ目を疑り深そうに投げた。

「こいつあ、夜は雨だな」

「雨ぇ？　お天とさまが笑ってやすぜ」

文彦が赤ら顔をゆるませた。

大江は、どうでもよさげに「そうかい」と丸めた背中で受け流した。

黒羽織の裾を、春の生ぬるい三十間堀の川風がもてあそんでいた。

人足らが薪の束を高々と積み上げた荷車をひいて、紀伊國橋の橋板をかしましく鳴らし、お店者や行商、托鉢の僧、使いの女、中には大道芸人風などの人通りが、足繁くいき交っていく。

文政年間に両岸が埋めたてられ川幅が十九間に狭まり、名のみになった三十間堀の両岸は蔵地だが、船宿も多く、河岸場に舫る屋根船や猪牙やきりぎりすにも白茶けた春の日が降りそそいでいた。

北御番所隠密廻り方同心・大江勘句郎が、紀伊國橋から木挽町に出て、三丁目の花田勘弥の読売・花田屋へ廻ったのは、その春の午後の一刻ほどのちだった。

従える文彦は、大江と同じ四十代半ばの手先である。

深川の地廻りだったころは赤鼬と呼ばれていた妙に鼻の利く男だった。

花田屋は、裏通りに面した小店の並びの二階家である。

主人の勘弥は、長崎からわざわざとり寄せた南蛮渡りの鼻眼鏡をかけた小太りの五十男で、

「これはこれは、大江さま」

と、手揉みと愛想笑いを絶やさず、刷り用の半紙や売れ残りの瓦版を積み重ねた台所の落ち縁続きの四畳半へ大江と文彦を通した。

二階に二部屋がある隣の部屋では、数台の文机を雑然と並べ、筆や硯、書きつぶした紙片や読本や双紙などがちらかって、五、六人の目つきの悪い男らがむっつりと文机にうずくまっていた。

とき折り、男らのひそめた話し声も何やら怪しげだったが、それでも若い衆が大江と文彦に「どうぞ」と茶を出した。勘弥は茶碗をとった大江に頭を垂れ、

「わざわざのお見廻り、ご苦労さまでございます。何とぞこれを」

と言って、膝の前へ白い紙包みをそっとすべらせた。

「そんな気遣いには、およばねえんだが」

言いながら、大江は紙包みをためらいもせず袖へしまった。

それから二人は茶をすすりつつ、景気はどうだい、先おととしの飢饉騒ぎ以来さっぱりでございますねえ、とかなんとか言って読売屋は景気がいいんだろう……などとひとしきり談笑を交わしたあと、

「して、大江さま。本日のご用はいかような……」

と、勘弥がやおらきり出した。

「じつはな、あんたに少々頼みてえ御用ができたのよ。むろんお上の御用で相応の褒美は出るから、ただじゃねえ。ただし、読売種にされちゃあ面倒な事態に巻きこむこ

とになるかもしれねえ頼み事だ」

「なるほど。読売屋に読売種にしてはならないご依頼でございますか」

「そういうことだ。だからこの頼み事は読売屋ならどこでも、というわけにはいかねえんだ。あんたとこみてえに目端が利いて実績のある、しかも信用のおける読売屋じゃなきゃあならねえのさ。わかるだろう」

勘弥は、「ははあ」と神妙にまた頭を垂れた。

「ほかならぬ大江さま直々のご依頼、不肖花田勘弥、大江さまのお役にたてることでございますなら、読売屋の意地に賭けて務めさせていただきます。なんなりとお申しつけくださいませ」

「けど話を聞いたら、断ることはできねえぜ」

「お話を聞きませんでも、断ることはできないのではございませんか」

大江は指先で尖った頰骨をかき、薄笑いを浮かべた。

「じつはある男の素性を探ってもらいてえ。名前は斎乱之介。斎権兵衛という御小人目付の倅だ。だが乱之介は権兵衛の実の倅じゃねえ。六歳ごろまで、深川永代寺の床下で暮らしていた氏素性のわからねえ浮浪児だった。乱之介の名は深川で人買をやっていたお杉という女が、勝手につけたものだ。斎権兵衛が深川のお杉から六歳の乱之介を買って乱之介の名のまま弟子として、というより倅として育てた」

「ほお。六歳まで深川で浮浪児をしていて、お杉に売られる折りに乱之介と名づけられた男の出自を探るのでございますか」

「そうだ。斎権兵衛が乱之介を買ってもう二十二、三年がたつから、今の乱之介はおよそ二十八、九。三十近くなっている。たぶん……」

大江はそこで短い間を空けた。

「目鼻だちのはっきりした、背の高いいい男だ。滅法、腕がたつし度胸もある。頭もきれる。浮浪児のころは薄汚れていたが、それでも可愛い顔だちが目だつ餓鬼だった。そうだな、文彦」

右後ろに控えて坐った文彦へ、大江は薄笑いをねじった。

へえ——と、文彦はたるんだ顎の肉を押しつぶして頷いた。濁った目を瞠り、

「あの餓鬼はほかの餓鬼と、見た目もすばしっこさもちょいと違っておりやした。だもんで人買のお杉は金になると見こみ、そいつを買って乱之介と、侍の血筋みてえに名づけ、権兵衛の野郎に売ったんでやす」

と、太い声を震わせた。

「要するに、乱之介の産みの親が名づけた名前は誰も知らねえし、そもそも、親がど

この誰かわからねえ。なぜなら、乱之介自身がてめえは一体誰でどっからきたのかわかっちゃいねえのさ。おそらくな」

勘弥は訝しげに大江を見つめ、それから文彦を見やった。

「お杉という人買は、誰から乱之介を買ったんで？」

「買ったと言うか、ありゃあ拾ったんでやす。あの餓鬼は、代助、羊太、という同じ年ごろの浮浪児とつるんでいやがった」

深川の地廻りだった文彦は小首をかしげ、遠い昔の記憶をたどった。

深川の浜十三町に、雪のちらつく寒い日だった。

その二、三日前、おれの巾着を盗みやがった餓鬼を腹癒せに痛めつけた。大川へ投げ捨てようとしていたら、お杉が「譲っておくれ」と金を投げた。その餓鬼があいつだ。間違いねえ。

二十数年前のあの雪の日を、はっきりと思い出していた。

「浮浪児仲間の代助と羊太は、親からもらった名があったんですね」

「よくはわからねえが、そう呼んでおりやした。けど、あの餓鬼は名前がなくて、おい、とか、小僧、とかと呼んでいたと思いやす」

「文彦さんは深川の方で？」

勘弥が侮るように顔をゆるめた。

町方の手先になるくらいの者は、元はやくざか博奕打ち、地廻りをやっていた輩が多い。深川はそんな男らが多く集まる土地柄でもある。

内心むっとした気持ちが、文彦の顔つきに表れた。

「いえね。うちで使っているのも深川の者らが多ございますから」

勘弥は、隣の部屋の文机にむっつりとうずくまっている男らへ一瞥を投げた。そして大江へ戻し、

「で、旦那。人買のお杉はまだ、存命でございますか」

と、訊いた。

「六十前後だが、たぶんどっかで、ぴんぴんしていやがると思う」

「代助と羊太という浮浪児仲間の方は？」

「間違いなく生きているだろう。代助と羊太は兄弟だ。兄弟は今も乱之介と一緒にいる。どういう経緯でか、お杉も乱之介の仲間になっていやがる」

「氏素性のわからない乱之介と代助羊太の兄弟、それに人買のお杉、値打ちのない者ら同士が仲間なのですね」

「値打ちのない者？　ふふん」

大江は繰りかえし、赤い唇を歪め、読売屋がよく言うぜ、というふうな嘲弄を漫然と泳がせた。

「下総の小岩村に江次郎という番太がいた。江次郎は番太から近在の貸元にまでのし上がって、その傍ら、孤児や捨て子を拾ったり買い集めて人買に売り払う稼業に手を染めていた。そいつが去年の九月だったか、御公儀の御目付さまに捕えられた」

「御目付さまが、小岩村の番太ごときを？」

「妙なとり合わせだろう。子細は知らねえ。あとになってわかった。乱之介はどうやらその江次郎の買い集めた中の孤児か捨て子だった。ところが江次郎が人買に売り払う前に乱之介は小岩村から逃げ出し、深川の浮浪児になったと思われる」

「では小岩村の江次郎が、乱之介を誰から買ったか、あるいはどこで拾ったか、知っておるのでございますね」

「そうだ。だが江次郎は、去年の暮れ小塚っ原で首を落とされた。餓鬼らのかどわかしの罪で斬首だ」

「ああ、斬首でございますか」

勘弥は腕を組み、片手の指先で鼻眼鏡を持ち上げた。しばらく考え、

「御小人目付の斎権兵衛さまは、いまも変わらずに……」

と、ささいな手がかりを求めて訊いた。

「権兵衛も死んだ」

大江は短く応えただけで口を結んだ。

「なるほど。手がかりが少のうございますな」

そう言った勘弥が、「うん？」と首をかしげた。

腕組みをとき、膝に両手をついて幾ぶん身を乗り出す格好になった。

「文政九年、あれは確かそうでした。日本橋米河岸の米問屋が白昼、押しこみに襲われた一件がございました」

勘弥が記憶をたどるように言った。

「しかしその押しこみの一件は、じつは押しこみではなかった。米の値段を高値に操り売り惜しみをしている米問屋に腹をたてた界隈の町民が起こした打ち毀しだった、という噂がしきりでございました。わたしはまだ、新川の地本問屋の手代をしているころでございました。知り合いの読売屋から聞いたことを覚えております」

大江は黙って勘弥を見つめている。

「読売屋が申しますのには、お上が打ち毀しの実事を隠すため、市中の読売屋に白昼堂々米河岸の米問屋を押しこみが襲った、という瓦版を次々に売り出させ噂の誘導を図った。ただ、それを知るお役人さま方の間では、一件は米河岸一揆と陰で言われている、とのことでございます。しかもお上が何ゆえに米河岸一揆を隠したかと申せば、一揆を指図した首領が鎮圧にあたったお役人さまであったゆえ、とうかがいました」

「どこの読売屋だい。そんなたわ言をおめえに喋ったのは」

「いえ。ただの噂話でございますので。何とぞ、何とぞ……」

「冗談だ。すぎた昔の一件なんざあどうでもいいや。かまわねえから続けな」

「よろしゅうございますか。わたしが申したいのは、その首領であったお役人さまの名が、斎権兵衛さまではなかったか、と思い出したのでございます。斎権兵衛というお役人が、表向きは押しこみの罪によって小塚っ原で斬首になった、と」

ひっひっひ……

大江がまた喉を引き攣らせて笑った。

「よく思い出したじゃねえか。その通りだ、勘弥。素性を探ってほしい乱之介はその斎権兵衛の倅だ。乱之介は、親父の権兵衛に従って打ち毀し鎮圧の御目付さまの下っ端に加わっていやがったのさ。ついでだ。本当のことを教えてやる。打ち毀しの鎮圧に、御番所の町方、お城から御小人目付、御徒目付、伊賀組、甲賀組、町火消も駆り出され、逆らう貧乏人どもは斬って捨てよ、ってえ苛烈なお達しだった」

今度は勘弥が黙って鼻眼鏡をなおした。

「米河岸の米問屋がだいぶやられたが、打ち毀しはどうにか二刻ほどで鎮まった。死人は出なかったし、米河岸以外に打ち毀しが広がることもなかった。ところが打ち毀しの鎮圧のさ中、斎権兵衛と倅の乱之介が腹を空かした貧乏人どもに同情しやがったのさ。親子は鎮圧にあたった伊賀組を相手に斬り合いを始め、挙句、倅の乱之介が伊賀組のひとりに大怪我を負わせちまったわけよ」

「つまり、役人の斎親子が打ち毀しに寝がえった、のでございますね」

「言いようによってはな。乱之介はあのころ十六歳くれえだ。親父仕こみのやけに腕のたつ若造だった。けどよ、幾ら親子そろって腕がたっても多勢に無勢だ。親父ともども捕まり、親父はあんたの言う通り、小塚っ原で斬首。ただ乱之介は、権兵衛が倅じゃねえ、自分が命じただけの使用人だと言い張り、お上の中にも斎親子に同情する声もあって、結局、斬首をまぬがれ江戸払いになった」

「米河岸一揆が、表沙汰にならぬよう計らえとのお上のお達しで、白昼堂々の米問屋の押しこみにすり替わった、のでございますね」

「すり替わった、は穏やかじゃねえ。この江戸で天明のような打ち毀しなんぞあっちゃあならねえし、ましてや、公儀の役人が打ち毀しに一枚嚙んだとなりゃあ面目がたたねえ。だから穏便に事を収めたのさ」

「ごもっとも。さようでございますね。で、大江さま、今なぜその乱之介の素性を調べるのでございますか。乱之介は江戸払いなのでは？」

大江は尖った頬骨をかき、また薄ら笑いを浮かべた。

「去年、河岸八町米仲買の蓬萊屋、白石屋、山福屋の身代金目あてのかどわかしがあった。あの一件は花田屋、おめえんとこが北町の川北さんから抜け目なく聞き出し、瓦版を売り出して大儲けした。だったよな」

へえ——と、花田屋の主人・勘弥は唇をへの字に結んだ。

「あの一件ではおれもとんだ恥をかかされた。当然、覚えているな、賊のことを」

「そりゃあ、もちろんで。翁、烏、猿、鬼の仮面をつけた天保よなおし……」

勘弥はそこで口を噤んだ。

眉をひそめ、大江をじっと見つめた。

去年の河岸八町米仲買のかどわかしの一件では、探索にあたっていた町方の大江自身が賊の虜にされ、結果として、身代金六千両を賊に奪われるという事態を招いた。

《北御番所同心大江勘句郎さま、かどわかさる。怪盗団一味天保世直党とり逃しの大

失態。な、なんと身代金六千両を奪って逃走……》

そんな瓦版を花田屋でも売り出した。

《御番所の失態に御奉行さま怒り心頭、謹慎申しつけ》

謹慎を申しつけられたのがこの大江である。

大江の意味ありげな薄笑いの真意が、なるほど、そういうことか、と勘弥にもようやく飲みこめた。

そのとき、厚い雲がたちこめ薄暗くなった裏通りを雨が叩き始めた。

人が通りを駆け抜け、雨の音が軒先を騒がせた。どこかで犬が吠えた。男たちが板戸を閉め、若い衆が部屋に行灯(あんどん)を灯した。

「なぜ乱之介の素性か、察しがついたかい」

大江が、薄ら笑いを行灯のぼおっとした明かりに向けた。

「乱之介が天保世直党の頭、になって江戸に戻っていたのでございますね」

勘弥は薄笑いをかえした。

「世直党がかどわかした河岸八町米仲買の蓬莱屋、白石屋、山福屋は、十数年前の米河岸一揆の首謀者が、斎親子に違いねえとお上に申し上げ、親子がお上のとがめを受ける本(もと)を作った」

「すると去年の天保世直党の一件は、乱之介の意趣がえしなのでございますか」

「そうかもしれねえし、ただの金目あてかもしれねえ。ともかく、乱之介が天保世直党の首領であることは間違いねえ。野郎を追ってる。勘弥、手え貸してくれるな」

「やってみましょう」

勘弥は鼻眼鏡をなおし、即座に応じた。

隣の部屋の男らが、天保世直党と聞こえたからか、みな大江と勘弥のやりとりをうかがっていた。

「ただし、こいつあ読売種にしちゃあ、ならねえんだぜ」

大江がそんな男らへ皮肉のこもった眼差しを投げた途端、降りしきる雨の中、威嚇(いかく)するかのような雷鳴が轟(とどろ)いた。

二

およそ一ヵ月後の天保十年の春の終わり、花田屋の勘弥と使用人の与五(よご)が芝口(しばぐち)三丁目と源助町(げんすけちょう)の東裏通りを南へとっていた。

勘弥は鼠(ねず)の羽二重の羽織にいつもの鼻眼鏡をかけ、若い与五は派手な浅黄(あさぎ)に小紋を抜いた羽織姿に手土産らしき風呂敷包を抱え、商家の主人と従う手代ふうにも、お金持ちの旦那が色里の太鼓持ちを従えているふうにも見えた。

通りの東側は、陸奥笠原家の豪壮な上屋敷を囲繞する海鼠壁が長々とつらなり、海鼠壁の先には破風造りの両門番所を備える櫓門が、流麗な反り屋根に葺いた黒瓦を晩春の日差しに照り映えさせていた。

屋敷内の銀杏や椎の木々が海鼠壁や櫓門の屋根の上にのびて、青空の中に葉を繁らせていた。

木々の間を小鳥が飛び交い、早や初夏の気配がしのばれた。

笠原家櫓門の大庇の下までくると、勘弥は羽二重の前襟と鼻眼鏡をなおし、小腰をかがめて門番所に「お願い申し上げます。てまえは……」ととり次を頼んだ。

二人は櫓門の大庇の日陰にしばらく待たされた。

が、訪問は前もって承知されていたと見え、ほどなく表門わきの小門が開いて二人は小門をくぐり屋敷内に没した。

通されたのは、広大な邸内にさらに両開きの門をかまえる江戸家老・桧垣京左衛門の居宅だった。

脇差一本を腰に帯びた若党が書院へ案内し、茶が出た。

いかがわしき読売屋ごときが、大名屋敷の江戸家老の居宅とは言え、書院に上がるのは破格の扱いである。

「少々お待ちくだされ」

と、若党が退ってからまたうららかなときがしばらくたった。

庭の木の影が、縁廊下を仕きる黒桟の腰障子に映っていた。

さほどの間もなく、縁廊下の腰障子に三つの人影が差した。

「お見えです」

廊下に若党の声がかかり、勘弥と後ろに控えた与五は青畳に手をついた。

腰障子が静かに開けられ、山桃色の裃の江戸家老・桧垣京左衛門と、上屋敷番方組頭のこれも紺の裃姿の田村蔵六が入ってきた。

広い床の間を背に着座する山桃色の袴の裾から白足袋が見えた。

紺袴の田村は桧垣の傍らに着座し、縁廊下の若党が腰障子を閉じた。

「御家老の桧垣さまだ」

田村の鈍い声が言った。

「あ、はい。てまえは築地木挽町にて読売屋を営んでおります、花田勘弥でございます。これなるは花田屋に勤めております与五と申します。本日は御家老さまにお目通りがかない、恐悦に存じます」

花田勘弥と与五は、畳に額がつくほど低頭している。

「ふむ。手を上げよ」

と、それも田村が言った。

手は上げても、目は畳へ落としたままである。

だが、視野の隅でそれとなく捉(とら)えた桧垣の風貌は、笠原家五十九万五千石の江戸上屋敷の重役にもかかわらず、三十代半ばごろの若さに見えた。

江戸家老がこれほど若いのか、と勘弥は意外に思った。勘弥は与五に目配せし、与五が風呂敷包みをといて手土産の桐(きり)の木箱を勘弥の傍らへすべらせた。

粗末な物ではございますが、何とぞお納めください——勘弥は木箱を桧垣の膝の前へ差し出し、なおも恐縮していた。すると、田村の鈍い声が、

「花田屋、御家老さまには話のあらましはお伝えしてある。だが、その方から改めてお話し申せ」

と、余計な言葉を飾らずに言った。

家老の桧垣は、差し出した手土産の木箱に触れもせず黙って勘弥を見つめている。

「早速ではございますが、御家老さまにお話し申し上げます」

勘弥は膝に両掌をおき、さらに頭を低くした。

「これは去年の暮れ、小塚原の刑場で斬首に処せられました下総は小岩村の江次郎という者が、小伝馬町の牢屋敷に収監されお裁きを待つ間、同じ大牢におりました麻布宮下町の山助という罪人に語った話を聞き、また十年前まで大伝馬町の飛脚屋に雇われ、今は娘の嫁ぎ先の上北沢村の農家で余生を送っております角八という元旅飛脚から聞き出してわかりました、事の次第でございます」

勘弥は再び与五へ目配せを送って、手土産の桐の箱と一緒に風呂敷にくるんでいた真新しい和紙で包装した一荷を受けとり、「まずはご覧くださいませ」と、それを田村の膝の前へおいた。

和紙には何か着物らしき物がくるんであった。

田村は黙って手で払うように和紙を左右に開いた。

すると、萌葱色が鮮やかな錦繡の狩衣ふうの童児服・半尻が出てきた。

「この着物は、およそ三十年前、ある身分の高いお武家さまのお血筋を引かれておられるお子、と申しますか赤ん坊がくるまれていたお召物でございます。幼童の半尻とは言え上等な仕たてでございまして、年月をへてなお鮮やかさが褪せておりません」

田村は折り畳んだ小さな半尻を両手でかざし、桧垣へ差し出した。

桧垣はむつかしい顔つきで、それを手にとった。

「背に御家紋が縫いつけてございます。針葉の枝の左右半円に丸くかたどった中に、樅の木の花が描かれております。この御家紋は恐れながら、ご当家笠原さまの御家紋と拝見いたした次第でございます」

勘弥は顔を畳へ落として言った。

「いかにも、これはわが主・笠原家御本家の家紋だ。この半尻、間違いなく、わが主家のご用に誂えたものと思われる。花田屋がなぜこれを持っておる」

田村が鈍い声をさらに低くして質した。

「何ゆえわたくしどもがこの半尻を手に入れましたか、申し上げます。およそひと月ほど前でございます。北御番所の大江勘句郎さまと申されますお役人さまがわたくしども花田屋へ突然おこしになられ、ある男の素性を探れとの御用を申しつけられたのでございます。その男というのは、名は……」

桧垣と田村は身動きひとつせず、勘弥が話し始めた事の次第に聞き入った。

勘弥のひそひそとした声は、閉じた腰障子ごしに午後の日差しが白々と差す縁廊下へ秘密めいたくすんだ物音を流した。

邸内屋敷の江戸家老の居宅は静かで、樹木の間を小鳥がとき折り鳴きながら飛び交った。居宅を囲む土塀の彼方から、剣術の稽古でもしているらしい長屋の家士のかけ声が小さく聞こえてきた。

「……何しろ三十年近く前のことで細かなところはおぼろながら、旅飛脚の角八は、仙台御城下を出たばかりの野っ原で出喰わした五人とひとりの侍同士の斬り合いのあり様を、概ね覚えておりました。角八は恐ろしいと思ったものの見すごすわけにいかず、野っ原の木陰に隠れ、お侍方が不忠者などと互いに罵り合い激しく斬り結んだ挙句、多勢に無勢、ひとりの方が斬られて倒れるのを見ていたそうでございます」

田村は眉間に、薄い影のような皺を寄せていた。

桧垣は半尻を菓子箱の傍らへおき、なおもそれを見下ろしている。

「角八は酷いことだと思いましたがどうすることもできず、誰か通らぬものかと周辺を見廻しましたが、夜明け前のまだ薄暗い野っ原、ほかに人影はございません。ところがふと、角八は後ろの方より自分を見ている何かの目に気づいたのでございます。初めは獣か、あるいはほかにも仲間の侍がいて、斬り合いに気をとられているうちに後ろに廻られたのかと思いぞっとしたそうでございます」

勘弥が落とした目をわずかに上げ、ひと息ついた。

「角八は飛脚荷物の連雀を担ぎなおし、道中差を握りしめて逃げる用意をし、周りの草むらや木だちの間を見廻しました。ところがやっぱり誰もいない。誰だ、どこにいる、と今にも逃げ出そうとしたとき、二間ほどしか離れていない草むらの間から角八をじっと見つめていた目が、あったのでございます。よくはわからないけれども、間違いなくそれは人の目で、悪意や残忍さはこもっていなかった。ですから……」

角八が跪いて草むらをかきわけると、それは産衣にくるまれた赤ん坊の目だった。

「赤ん坊が泣きもせず、むっちりとした手足を無邪気に遊ばせ、きょとんとしたつぶらな目で角八を見上げていたのでございます。角八は胸が高鳴り、赤ん坊を抱き上げようかこのまま放っておこうか、どうしていいのかわからないくらい驚き呆れたのでございます」

そのとき、野っ原の斬り合いでひとりを斬った五人が、赤子はどこだ、赤子は、と喚くのが聞こえ、咄嗟に赤ん坊が斬られる、五人の剣呑な喚き声がなぜか角八に、赤ん坊の命が危ない、と思わせた。

角八は後先のことは考えず、赤ん坊を抱き上げ、懐に強く抱きかかえた。

「その折り、赤ん坊がこの萌葱の半尻の上に寝かされていたのだそうで。おそらく、赤ん坊の産衣の上にこの半尻をくるみ、野っ原まで抱いてきたものと思われます」

勘弥は木箱の傍らの半尻をさりげなく掌で指した。

角八は五人に見つからぬよう、草むらの間を這ってその場を必死に逃れた。

野っ原で五人の侍が、見つかったか、駄目だ、いない、どこだ、探せ、と険しく言い合っている声に怯えつつ、いい子だ、泣いちゃあいけない、泣いちゃあいけない、と祈るように赤ん坊をあやして草むらを這った。

「その間、赤ん坊は泣きもせず、角八の懐の中であぶあぶと何か言いかけておりましたが、それは赤ん坊が、早く早く、と角八を励ましているみたいな気がして、角八の方がわけもなく泣けてきたそうでございます」

「ふ……」

と、田村が鼻先で笑った。

隣の桧垣へ一瞥を投げたが、桧垣は半尻に目を向けて動かず、田村の一瞥に応えなかった。田村は勘弥へ向きなおった。

「角八という男は、産衣の赤ん坊を半尻ごと抱きかかえたのだな。そのとき、この家紋に気づいていたのか」

「いえ。その折りはまったく気づかず、ただ、産衣が高価そうなやわらかな布地だったことや半尻はいかにも誂え物の上等な童児服で、さぞかし身分の高いお侍の家の赤ん坊に違いないとは思ったそうでございます。それがわけありで、お命を狙われるような事情にいたっているのではないかと。と言って、旅飛脚の角八ごときにそんな身分の高いお武家さまのお家の事情を詮索できる算段があるはずもなく……」

「飛脚の角八がその赤ん坊を育てたのか」

「角八は赤ん坊を拾った当座は、赤ん坊を育てるのが神さまの思召しだと、思っておりました。ところが、赤ん坊を飛脚荷物の葛籠に隠して、乳代わりに重湯を飲ませ、替えの褌をきり分けおしめ代わりを拵え、仙台から二本松、棚倉をへて水戸へ出たころ、自分のようなつまらぬ男にお武家の赤ん坊が育てられるのか、とだんだん迷いを覚え始めたのでございます」

桧垣が、気むずかしそうな顔を上げて勘弥を見た。

勘弥は畏れ入って、目を伏せた。

だが桧垣はやはり何も言わず、勘弥は聞きとりにくい小声で続けた。

「角八は、博奕好きの借金まみれの男でございました。娘がひとりおりましたが女房に逃げられ、娘は角八の母親が育てておりました。そんな自分がどうやっても、とうてい無理だ、と飛脚の荷物を届けた水戸から江戸への戻りの道中で考え、自分なんかよりもっとましな人に育てられた方が赤ん坊のためだ、とおのれに都合よく言いわけを拵えて、結局は下総の小岩村の番太をやっていた江次郎に売ったのでございます」

「なぜ、小岩村の番太なのだ」

　田村が訊いた。

「小岩村の番太だった江次郎は、陣屋より十手を持つことを許された目明しも務めておりました。その裏で、近在の貸元にまでのし上がった男でございますが、さらにひとつ、村のはずれにかまえた相応な住まいの納屋に、孤児やどこかから連れてこられた子供らを買いとって住まわせ、その子らを里親と称する者らに売る稼業にも手を染めておったのでございます」

「それでかどわかしの罪か」

「そういう者らからも子供を買っていたのでございます。当人に言わせれば、いき倒れや親に捨てられた子が浮浪児になっていずれは野垂れ死にするよりは、せめて生き長らえる算段をつけるのだから、これでも人助けなのだという言い分でございます。中には実の親が自分の子をこっそり売りにくる場合もあり、天保四年と七年の飢饉の折りは殊にそれが増えたと、お裁きの場で申したそうでございます」

「人助けだと。物も言いようだな」

「旅飛脚の角八は、小岩村の江次郎という番太が子供を売り買いしている裏稼業の噂を聞いておりました。水戸から江戸への戻りに小岩村を訪ね、その赤ん坊を、道端に捨てられていたのを可哀想だから拾ってきたが、自分では面倒を見きれないのでどうにかならないか、と言って江次郎に売り払ったのでございます。江次郎は……」

勘弥が続けるのを田村が「待て」と遮った。

「角八と申す旅飛脚が仙台御城下のはずれの野で遭遇した斬り合いの折り、不忠者と言っていたのは五人の方か、ひとりの方か」

「さあそれは、どちらのお侍が言ったものか、角八は申しておりません」

「双方、罵り合っていたのだな」

「角八はそう申しております」

「不忠者、という以外に何か聞いた言葉を角八は言ってはいなかったのか」

「喚き声ではあったのですが、殆ど意味が聞きとれなかったと申しておりました。ただ、不忠者のほかにもうひとつ、ひがき、という人の名か土地の名かは存じませんが三度ばかり聞きとれたそうでございます。ひがき、でございます」

勘弥は繰りかえし、勿体ないことで、という素ぶりで頭をいっそう低くした。

田村が口を結んで、小さくうめいた。

沈黙を続ける桧垣は、山桃色の袷の肩の埃を軽く払う仕種をした。それがいかにも桧垣の内面の不機嫌を表しているかのようだった。

「続けよ」

田村が促した。

「江次郎は、赤ん坊は面倒を見るのが厄介なので普段は買わないそうですが、その赤ん坊だけは、絹地の上等な衣装にくるまれ、きっといい家柄に違いないと思ったことと、目のくりくりした色白の可愛い男児に江次郎みたいな男でもついほだされたらしく、角八から買いとった、と山助に語ったそうでございます」

「その子はすぐに売れたのか」

「普通は、長くて三月ほどで買い手を見つけるのでございますが、江次郎はその子が妙に可愛くなったらしく、売ろうと思えば売れましたのに売るのが不憫になって、結局その子だけは二年と半年、納屋で暮らしました」

「二年と半年？　親もいない赤子が人買の納屋で二年半の間を生きのびたのか。よく生きのびられたものだ。納屋を出たのが二年と半年後なら、三歳か四歳の童子に育っていたことになる」

「まったく、親はなくとも子は育つと申しますが、まさにその通りでございます。江次郎が大牢仲間の山助に語った話によりますれば、その子はまだ泣くことしか知らぬ赤ん坊のくせに、江次郎の顔色をうかがい、江次郎の機嫌を損ねないように愛想笑いまでしたとか」

「馬鹿な……」

田村は嘲笑(ちょうしょう)を見せた。

「そのように思わせるほど可愛げな子であったということでございます。おそらく、同じ納屋にいた年かさの子供らもみなでその子の世話をしたのではないか、だから生きのびられたのではないか、とも江次郎は言っていたようでございます」

子供が江戸の女衒(ぜげん)に売られたのは、四歳の秋だった。

男児はたいてい陰間茶屋(かげまちゃや)に奉公することになり、江次郎は可哀想に思ったが、このままずっと納屋においておくわけにはいかなかった。

小さな子供二人と四歳になっていたその子の三人一緒で、女衒は小さな二人を両天秤の笊籠(ざるかご)の前後に乗せ、その子の手を引いて小岩村をあとにした。

ところが小岩村を出てほどなく、江戸へ向かう途中の中川堤でその子は女衒の隙を狙って逃げ出し、中川へ飛びこんだ。そうして、川向こうにぽっかり浮かんで岸へ這い上がり、江戸の方角へ走り去った。

「数え年四歳の子が、泳いだのか沈んでもがいたのかわかりませんが、ともかく、あの中川へ飛びこんで逃げおおせたのでございます」

勘弥はそれを見てきたかのように言った。

桧垣と田村は顔を見合わせ、しばしの沈黙があった。二人の表情にはかすかな戸惑いが見えた。やがて、

「その子が乱之介という男になったと、その方は言うのだな」

と、田村が言った。

「さようでございます。繰りかえし申しますが、その子が天保世直党を名乗る盗賊団の首領・斎乱之介であることは、ほぼ相違ございません」

勘弥は重みのある低い声を心がけた。

およそ二十数年前、深川永代寺床下で代助羊太兄弟と浮浪児暮らしをしていた捨て子の童子が、人買のお杉に拾われ乱之介と名づけられた。

乱之介は斎権兵衛という御小人目付の役人に密かに売られ、権兵衛の弟子であり倅として育てられたが、十六歳のときに起こった伊勢町の米河岸一揆を境に、一揆を指図したとの罪を負わされ父親・権兵衛は斬首となり、自らは江戸追放に処せられた。

しかし江戸追放から十二年がたった去年、乱之介は、父・権兵衛の敵であるお上に戦を仕かける叛き者として、江戸へ再び舞い戻ってきた。

河岸八町米仲買仲間の蓬萊屋、白石屋、山福屋の主人をかどわかし、六千両もの身

代金を見事に奪った天保世直党の一件が、叛き者・斎乱之介のお上へ挑んだ最初の戦場だった。

乱之介という叛き者の運命が、仙台城下はずれの野原の斬り合いの場より、旅飛脚の角八に救われた赤ん坊の運命と重なっていくのは明らかだった。

田村は先夜、御用達商人の伝を通して訪ねてきた花田勘弥よりこの話を聞き、桧垣京左衛門に即刻知らせなければならぬと判断した。それも極々内密にだ。

「暑いな」

勘弥の話のあと、桧垣が午後の日が庭の木々の枝影を映す腰障子を見て、最初に言ったのがそのひと言だった。

勘弥――と、それから癇性な気質を思わせる青ざめた細面に薄っすらと汗を浮かべ勘弥へ向きなおった。

「去年の天保世直党による米仲買商かどわかしと身代金強奪の大騒動は、むろん存じておる。天保世直党の首領が斎乱之介なる輩であることも、その方の話で今はわかった。ただし、その乱之介なる輩が、仙台城下はずれの野での斬り合いの場より旅飛脚の角八が救ったという赤子だと、何ゆえ言えるのだ。またその赤子が……」

桧垣は田村へむつかしそうな顔つきを投げた。

「この半尻の家紋のみによってわが笠原家御本家の御後胤と明かしていると判断するのは、少々早計にすぎるのではないか」

田村は口を一文字に結んで、桧垣の疑念には応えなかった。

「御家老さまのお疑いはごもっともでございます」

勘弥はまた深々と頭を垂れた。

「てまえどもにいたしましても、ご当家の御家紋が縫いつけられてあるにせよ、この半尻のみで野っ原に捨てられていた赤ん坊を由緒あるご当家の御後胤と判断いたすのは畏れ多いことでございます。のみならず、下賤な人買や旅飛脚のもっともらしい捨て子の運命話が、しかもおよそ三十年前の覚えも定かではない江次郎の話が、言葉通りに受けとれるとは思われず、まさかな、と不審ではございました」

田村が、いかにも、というふうに頷いた。

「しかしながら、乱之介の素性を探り出すのがてまえどもが命じられましたお上のご用でございます。まさかなと思いつつ、調べぬわけにはまいりません。そもそも、人買の江次郎が角八から買った赤ん坊が、何ゆえ天保世直党の首領の斎乱之介に結びついたのか、それも不明でございます」

そう言って、勘弥は鼻眼鏡をなおした。

「さらに今ひとつ。旅飛脚の角八が拾った、あるいは救った赤ん坊は、何ゆえ仙台御城下はずれの野っ原であった斬り合いの場に捨てられていたのか、またいかなる遺恨の斬り合いだったのか、赤ん坊とその斬り合いにいかなるかかわりがあるのか、それも合点のいかぬことでございました。よって、てまえ花田勘弥、お上のご命令に添うべく意地に賭けまして、事の次第をさらに探ることにいたしたのでございます」

桧垣は、膝においた指先を苛だたしげに震わせていた。

三

与五——と、勘弥は後ろに控えている与五へ顔を向けた。

「へえ」

与五は再び畳へ手をつき、恐縮した。

「この者はてまえの指示に従いまして、角八が仙台御城下はずれの野っ原で拾った赤ん坊の素性を明らかにするため、小岩村の江次郎の所縁、続きまして仙台御城下まで足をのばし、事の次第を訊ねてまいった奉公人でございます。その経緯は、訊ねてまいった本人より語らせた方がわかり易いかと存じまして、本日同道いたさせました」

「与五、その方、わが仙台までいったのか」

田村が心なしか心外そうな口ぶりで言った。

「へえ。畏れながら。何しろ、お上の御用とばかり思っておりましたので。当然、隠密にご当家がお抱えの事情を探る意図はまったくございませんでした」

「意図はなかった？　何か、わが家中に不審な事情でも見つかったと申すのか」

「いえ、それは……」

「田村さま。てまえはこの話をお上にも未だ報告いたしておりません。お上の御用とは言え、てまえらなりに調べました結果、この一件はまずご当家にお伝えするのが筋ではないかと勘案いたしたゆえでございます。てまえどもの誠意を、何とぞお汲みとり願います」

「ふむ。よかろう。与五、わかった事を御家老さまにお話し申せ」

桧垣は、膝においた手を額にあて、指先で額からこめかみの汗を拭(ぬぐ)った。

与五が主人・花田勘弥の指示を受け小岩村の江次郎の所縁を訊ねたのは、それより半月前、元旅飛脚の角八と大牢の山助の話を聞いたあとだった。

小岩村の番太を務めていた江次郎と倅は、去年暮れ、人買とかどわかし加担の廉(かど)で下死人として死罪、江次郎の若い女房と倅の女房は重追放の裁断に処せられた。

下死人であるため埋葬は許されたけれども、村はずれにかまえていた江次郎の住まいは村役人の指図によってすでにとり壊されていた。

与五は初めに、親のない江次郎を育て村の番太の役を譲った伯父の家を訪ねた。

むろんそのときは、江次郎がおよそ三十年前に角八より買った赤ん坊の産衣の上にくるんでいた上等な半尻が、未だに残されてるとは考えもしなかったし、また、その半尻の背に陸奥笠原家の家紋が縫いつけられていようとは、推量だにしなかった。

与五が訪ねた伯父の家はだいぶ以前に途絶えていた。

ただ江次郎の従姉にあたる伯父のひとり娘が新宿の農家へ嫁ぎ、今は家を継いだ倅の世話を受けて暮らしをしていると教えられた。

江次郎と倅を村の菩提寺へ埋葬し、江次郎親子の遺品などの整理をすませたのはその老いた従姉だった。

与五は新宿の従姉を訪ねた。

自分の知り合いに行方知れずの子がおり、頼まれてその子を捜している。江次郎が買い集め納屋に閉じこめていた子供らの中に、手がかりを求めてきた。

そう伝えると、「従弟の江次郎がとんだことをしでかしたせいで、この年になって肩身の狭い思いをさせられます」と、従姉は涙ながらに遺品を出して見せた。

その中に、古びてはいても三十年前の物とは思えぬほど萌葱（もえぎ）が鮮やかな錦繡（きんしゅう）の半尻がでてきて、しかも驚くべきことに、その童児服の背に陸奥笠原家と思われる家紋が縫いつけられていた。

なんと、こいつは——と与五は驚き呆れ、言葉も出なかったという。

与五は読売屋の売子という仕事柄、諸国大名の江戸上屋敷から中屋敷、下屋敷までの所在と家紋は熟知していた。

もしかしたらこれが、角八がさぞかし身分の高いお侍の家に違いないと思い、江次郎が「錦繡の上等な」と大牢仲間の山助に語った赤ん坊をくるんでいた童子服では、と与五は思った。

「これも江次郎さんの遺品で？」

胸が高鳴るのを抑えつつ訊ねると、従姉は子供の衣服はほとんど残っておらず、これだけが納戸の葛籠（つづら）の奥にしまってあった衣装だと応えた。

なぜ、江次郎はこの半尻を処分せずにしまっていたのだろう。

錦繡の衣装と縫いつけられた家紋を見つけ、これはいずれ金になると思ったのか、ただ捨てがたかったのか、あるいは葛籠の奥にしまったのを忘れていただけなのか、今となってはわからない。

しかし江次郎は、半尻の家紋が陸奥五十九万五千石の大名・笠原家の家紋とは知らなかったのだ。当然と言えば当然の話だった。大名の血筋を引く赤ん坊が捨て子などと、誰が考えるだろう。知っていたなら山助に言わないはずがない。

この半尻が旅飛脚の角八が仙台御城下、すなわち笠原家御城下はずれの野っ原の斬り合いの場より拾い、小岩村の江次郎へ売り払った赤ん坊をくるんでいた衣装とすれば、これにはきっと深い事情が隠れている。

家紋のことなど何も知らない老いた従姉は、「どうぞ、お持ちください」と、与五を疑いもせずに譲った。

与五は奥州道中から仙台御城下へ旅を急いだ。

仙台御城下、笠原家御用達の呉服問屋・広瀬屋(ひろせや)の元手代で、今は隠居の身の安兵衛(やすべえ)という男と会ったのは仙台に着いた二日後の夜だった。

花田勘弥の知り合いの読売屋が仙台におり、その読売屋の手蔓(てづる)を頼って安兵衛を捜し出し、会って話を聞かせてもらうために少々金もかかった。

夜の名取川(なとりがわ)を見下ろす小高い段丘にある料理屋に、六十に手が届いた安兵衛と四十ほどの仙台の読売屋主人、そして与五の三人が顔を合わせた。

安兵衛は、笠原家の家紋が縫いつけられた狩衣(かりぎぬ)の半尻をためつすがめつ見廻し、ひどく困惑した顔を終始浮かべていた。

それから衣装をやおら与五の前へ戻し、困惑した顔のまま言った。

「これをどのようにして手に入れられたのですか」

「生憎(あいにく)、わたくしの口からただ今はまだそれを申し上げるわけにはまいりません。ですが、先ほど申しました通り、わたくしはお上の内々の御用で当御城下にうかがっております。決して胡乱(うろん)な御用ではありませんし、この衣装が笠原家のどなたさまのお誂(あつら)えなのかをうかがい、そのことで安兵衛さんにご迷惑をおかけすることも決してございません。何とぞご安心を……」

与五は繰りかえし、安兵衛は、しばらく思案を続けた。だがやがて、仕方あるまい、という顔つきになり、

「二十七年、いや、二十八年前のことになります。およそ三十年。長いときがすぎました。もうかまわんでしょう。確かにこのお着物は、御本家さまへ広瀬屋がお納めいたした御衣装に相違ありません」

と、語り始めた。

「先々代の斉広(なりひろ)さまにはお世継ぎがお生まれになりませんでした。お子さまはみな姫

君さまで、お手つきの御中臈はおられましたが、やはり男児はお生まれにならず、御分家の堀田さまより周村さまをご養子に迎えられ、御家督を継がれるご協議が進んでおりました。そのご協議を主導なされたのが、先代周村さま、当代周定さまと二代に亘り御側用人にお就きになられておられます桧垣鉄舟さまでございます」

「ほう、二代に亘ってでございますか。桧垣さまはさぞかし勝れた御側用人さまなのでございますね」

与五は角八から聞いた、仙台御城下はずれの野っ原での斬り合いの折り、どちらかの侍が《ひがき》と叫んでいた言葉が、そのときはまだ若き勘定方だったという桧垣鉄舟らしいことを初めて知った。

「桧垣さまは長年に亘ってご当家の政を、御側用人のお立場ながらお導きになられ、お家の要職には自らご登用になられた優秀な人材をお就けになり、新田開発、交易、年貢や運上金、冥加金のすべてを掌握なされ、今やこの国は、桧垣さまの陰ながらの御意向に沿って動いておると言っても過言ではありません」

「しかしそうなりますと、御側用人さまの政に異議を唱える方々もいらっしゃるのではありませんか」

「はい。そういう方々もおられますようで。今の政が放漫な財政によってお家の台所事情は借財がつみ上がり、厳しい年貢のとりたてに領民は怨嗟の声を上げ、ほんのひと握りの豪商と豪農がますます富み栄えているばかりと。ま、それはかかわりのないことですので、今はそれ以上申しませんが」

安兵衛は慎重に言葉を選んで続けた。

「周村さま御後継ぎがほぼ内定していたころでございました。御中臈のお濃さまが御懐妊なされ十月をへて、先々代斉広さま江戸御参勤の折り、男児・真之丞さまをお産みになられました。広瀬屋はまことにありがたいことに、真之丞さまの産衣そのほかいっさいの衣服をお納めいたす御用を受け賜わり、この半尻はまぎれもなく、その折り、広瀬屋の主人とともにわたくしがお納めした御衣装のひとつでございます」

安兵衛はすぎたときを思い出すかのように、頭をわずかに垂れた。

「では、周村さまご養子、御後継ぎの内定はどのように諮られたのですか」

「はい、男児お誕生ということであり、周村さまご養子、御後継ぎの内定は国家老さまの三村泰兼さまのお指図により、斉広さまが江戸よりお戻りになる翌年夏まで、一旦、差し戻しが決められました」

「ああ、差し戻し……」

「別に、ご当家の隠密事になっているわけではありません。事は起こり、ずいぶんと評判にもなりましたから。お濃さまが真之丞さまご出産ののち、三月ほどがたちました翌年の春のことです。同じく御中﨟のお翠さまがお花見の園遊会をお開きになられ、奥向きのお女中方が園遊会が開かれる広瀬川のある寺院へ向かわれました。むろん、その中にお濃さまもおられたのは言うまでもありません」

安兵衛は、短い間、考える様子を見せた。

「それが起こったのは、お濃さまのお乗物がお城を出て広瀬川へ出る途中です。お乗物そばの警護の若い添番が乱心し、お乗物に刀を突き入れ、いきなりお濃さま殺害におよんだのです。お濃さまは手当ての甲斐もなくお亡くなりになられ、その一件は城下で大変な騒ぎになりました。あなたもご存じではありませんか」

安兵衛は居合わせた読売屋の主人に言った。読売屋の主人は、

「へえ。わたしは十歳ぐらいの子供で、あの一件はひどく淫らなふる舞いに思ったもののの、よくはわかりませんでした。ですが、周りの大人たちの騒ぎだけは覚えております。大人の間では、その話で持ちきりでしたから」

と、しきりに頷いた。

「すぐに捕えられた添番がとり調べの場で述べた刃傷におよんだわけは、お濃さまは御家中のごく低い身分のお家柄の娘で、御中﨟として奥へ入られる前、添番の士と

固く言い交わした仲であった、それが主家の命で奥向きに入って御中﨟になり、斉広さまのお子までなしたふる舞いに嫉妬し、お濃さまに遺恨を抱き、いつか遺恨を晴らす機会をうかがっていた、というものでした」

「そんな士が、恨んでいたお濃さまの添番に？　妙ですね」

「まことに妙です。しかし、それを境にご当家では妙なことが続きましてな。まず、同じ日の夜、国家老の三村さまが急な病でお倒れになり、亡くなられました。さらにこれは風聞でしたが、同じころ、お濃さまご出産の真之丞さまが、これも重篤の病で明日をも知れぬとの噂が御城下に流れました。それからまたこれまでご当家のご重役に就かれていた方々が、次々と職をとかれたのです」

「し、真之丞さまのご病気は、どうなりましたんで」

「残念ながら、御病気の噂が流れて四、五日ほどがたってからでしたかな。お亡くなりになられたと、お触れが廻りました。わたしら広瀬屋の者らもお気の毒に思うのみならず、ひどく落胆いたしました。何しろ真之丞さま御衣装の御用を受け賜わっていたのですからね。その真之丞さまにお誂えいたした御衣装のひとつの半尻を、あなたが持って今宵見えられた。なんと申してよろしいのやら」

「安兵衛さんは、持つはずのないわたしがこの衣装を持っている経緯、事情をどんなふうに推量なさいますか」

「むつかしいですな」

安兵衛は、低くうなって唇を結んだ。

「三十年近くがたつとは言え、ここより先の話はわたくしから聞いたとはいっさいご内密に願いますよ。よろしいですね」

与五と読売屋の主人は、ともに深く頷いた。

「お濃さまの一件が起こってから二月ほどのち、斉広さまが江戸参勤よりお戻りになられるまでの間に、ご当家のご重役方はすべて一新され、桧垣鉄舟さまを始めご当家の政の刷新を志す若手の《誠心会》の方々が重職を占めておられました。国家老の三村さまが亡くなられてより、政の汚職、数々の不正が明るみに出されて、連日、それまでのご重役方の捕縛と処断が行われました」

安兵衛は「いやはやあの折りは、大変な騒ぎで……」と小首を落とし、遠い昔を思い出す素ぶりを見せた。

「かつての名門の方々が、主の幽閉蟄居（ちっきょ）はまだいい方で、お家改易（かいえき）おとり潰し、今日はあそことあそこのお家、明日は誰それ、と切腹申しつけ、斬首獄門の裁断が続きました。それが斉広さまお戻りまでの二ヵ月足らずのうちに一気に断行され、斉広さまでさえ御手がつけられぬくらい、ご当家の中枢はすでに誠心会の力がゆるぎないものになっていたのです」

「その誠心会のお頭が、もしかしたら桧垣鉄舟さまで？」

「当時の噂では、桧垣さまがお指図なさっておられると、わたしども町民にも伝わっておりました」

「しかし、しかしですよ。桧垣さまはそのころ、勘定方の一お役人だったのですね。御奉行さまでもないお指図を受ける一お役人が、どうしてそれほど力を持つことができたのですか」

「御当家中枢の詳しい事情は、われら町民に与り知ることはできません。ただこれもあのころの噂で、桧垣さまにはなぜかはわかりませんが、ご正室の櫂の方さまの力強い後ろ盾がついているというのがもっぱらの評判でした。櫂の方さまの後ろ盾があるため、桧垣さまを中心にした誠心会は剛腕をふるうことができる、とです。さらに申しますと……」

安兵衛は、三人のほかに人のいない料理屋の部屋をわざとらしく見廻した。

「先代周村さまのご養子、御後継ぎのご方針をお決めになり、強く押されているのはご正室の櫂の方さまというのは、われら町民の間でもあたり前のこととして受けとられておりました。櫂の方さまのご実家は周村さまと同じ、御分家の堀田家のお血筋であり、櫂の方さまは周村さまの、お年の離れたはとこでいらっしゃいます」

「そ、それじゃあ、お濃さまのお命を奪った添番の一件を境にご家中に妙なことが続いたと仰るのは、もしかして、ご当家のお世継ぎを廻るお家騒動が根本なのですか」

安兵衛は唇に指をたて、

「畏れ多い。そのようなこと。お静かに願います」

と、頰をゆるめ声を落とした。

料理茶屋の離れた部屋で、宴の管弦らしき音が小さく聞こえていた。

「噂です。ただの。そこでこの真之丞さまの御衣装が何ゆえあなたの手にあるのかというわたしの推量に話を戻しますと、当時の一連の噂のひとつに、真之丞さまのご病死は偽りにて、周村さま御後継ぎを推す方々によって密かに亡き者にされた、というものがありました。のみならず、添番によるお濃さま殺害、国家老三村さまの突然のご病死、いずれも不慮の出来事ではなく、謀られた仕業、とです」

与五は唖然として、膝の前の萌葱の半尻を見つめた。

なんと、旅飛脚の角八が仙台御城下はずれの野っ原で侍たちの斬り合いのさ中にこの半尻にくるまれた赤ん坊を拾った話と、三十年前、御城下に流れていた噂話とがつながっているのだ。

「わたしは子供だったんで、そういう噂があった事情は知りませんでしたが……」

と、同席の読売屋の主人が安兵衛に訊いた。

「御城下でそれほどの騒ぎが評判になったのなら、当然、御公儀にも伝わり、江戸表においてご当家に厳しいご詮索があったはずではありませんか。そういう話はかつて聞いた覚えがありませんが」

「確かにそれも妙です。ただ、斉広さまが江戸参勤よりお戻りになる前より、わたしども町家へ御城下町奉行所より、真之丞さまご病死、御家老三村さまご病死にまつわる胡乱(うろん)なる噂をねつ造し、とり沙汰する不逞(ふてい)の輩(やから)は厳罰に処するとお触れが廻りましてね。わたしらは震え上がったものです。妙な世の中になってきたな、とね」

「では、それ以来、噂は途絶えた?」

「少なくともわたしらの間では、みな口を閉ざしました。所詮(しょせん)、わたしら町民の手の届かぬお偉方の噂話ですし、知らぬ神に祟(たた)り無し、ですからね」

「斉広さまが江戸参勤よりお戻りになってから、桧垣さまはどのようにご出世なさったので」

「斉広さまがお戻りになってから周村さまのご養子、御後継ぎが公式に定められ、同時に新しいご重役方が職に就かれました。その折り、桧垣さまは勘定御奉行職に就かれたのです。国家老職に、という話もあったそうですが、まだ三十前の若き身、とご遠慮なされたそうで。でもね、二年後に斉広さまがお亡くなりになり周村さまがご当主にのぼられますと、桧垣さまは即座に御側用人に就かれました」

「なるほど、それが今も……」

「はい。当代の周定さまと二代に亘(わた)って……」

安兵衛と読売屋の主人がひそひそと言い交わした。

そうそう――と、安兵衛が考えこんでいる与五へ向いた。

「お濃さま殺害の添番ですがね。裁きがくだるまで奉行所の牢に収監されておりましたが、斉広さまのご尊父さま長寿の祝いの恩赦で、とき放ちになられたのですよ。ただ、お城勤めはなさっておられませんが」

「ではその添番は今、浪々の身なんですか」

読売屋の主人が与五よりも関心を示した。

「と言いますか、あなた、雷電組をご存じですか」

「もちろん知っていますとも。雷電組の組頭・来栖(くるす)兵庫(ひょうご)さまは笠原家御領内一、いや陸奥一と称えぬ者のない使い手として、評判のお侍ですからね」

「その添番、名は確か原大二郎さまでしたな。今は雷電組の幹部として、来栖さまの配下でお働きのようですよ」

「ああ、原大二郎さまは知っていますよ。あの原大二郎さまが御中﨟のお濃さまを殺害……」

言いかけた読売屋の主人は、顔を意外そうに歪めて口を閉じた。

「そうしますと、ご当家は御側用人の桧垣鉄舟さまのご意向に沿って、つつがなく政が営まれているのですね」

与五の問いに安兵衛は即答しなかった。ふうむ、とうなり、

「因果は廻ると言いますか、諸行無常と言いますか、事はそう簡単に運びません。ただ今、ご家中の若手の中には桧垣さまの長き権勢に反発なさっている方々がおられると、よく耳にします。中でも青葉会の方々の動きが近ごろ活発だと、方々より噂がしきりに聞こえております」

読売屋の主人もそれは知っているらしく、納得したふうに繰りかえし頷いた。

与五は、胸のときめきを抑えられなかった。

天保世直党の首領・斎乱之介の出自はここだったか、と萌葱色がなおも鮮やかな半尻を見つめ思った。予想外の収穫だった。

主人の花田勘弥にこの事情を知らさねば、と与五の気はすでに江戸へ走っていた。

四

のどかな午睡を誘う昼下がりの日は、まだ高かった。

腰障子に映る樹木の影の間を、小鳥の影がとき折り、かち、かち、と鳴きながら飛び交った。

「暑いな」

桧垣が腰障子に目を投げ、再び言った。

前襟にはさんだ懐紙をとり出し、幾ぶん青ざめた細面の、薄っすらと汗の浮いた額へ懐紙をあてがった。

田村が立って、縁廊下の腰障子を半間ほど開け、庭と縁廊下を念のため見渡した。

涼風がわずかに部屋へ流れた。

笠原家上屋敷、邸内屋敷の江戸家老・桧垣京左衛門の居宅は静かで、居宅を囲む土塀の彼方から剣術の稽古らしい長屋の家士のかけ声が、また小さく聞こえてきた。

田村は元の坐（ざ）に戻り、軽く咳払（せきばら）いをした。

「その方らの言い分は相わかった。ただし、すべてが遠い昔の覚えも定かではない話を聞き集めたものだ。今一度、吟味(ぎんみ)する必要がある」

と、田村が低い声で言った。

桧垣は木箱の傍らの半尻を見下ろし、わずかに首を動かした。

「しかし、わが御本家の家紋が縫いつけられたこの衣装にくるまれていた赤子が、天保世直党なる不届きな一味の首領・乱之介と断ずる証拠があるのか」

田村が続けた。

話を終えた与五が、勘弥の後ろで茶をすする音をたてた。

勘弥はやや肩をすぼめ加減にし、鼻眼鏡をなおした。

「お見せできる証拠があるわけではございません。じつは、てまえどもに乱之介の素性を探れと命じられた北御番所のお役人さまが仰ったのでございます。子供らが閉じこめられた小岩村の江次郎の住まいに踏みこんだのは、天保世直党を追っている甘粕(あまかす)孝康(たかやす)と申されます御目付さまなのでございます」

「公儀の御目付さまが世直党を追っている？　その御目付さまが江次郎なる人買の巣(そう)窟(くつ)に踏みこんだと？　世直党の一件は町方の掛(かかり)であろう。それとも世直党の一味は武家にかかわりがあるのか」

「子細は存じません。しかし甘粕さまは、同じ御目付さまの上席であります鳥居耀蔵さまより、天保世直党を隠密に探索すべしとの指図を受けた方とうかがっております」

「鳥居耀蔵さまと申せば、あの蝮と言われておる性狷介なるお方だな。ただその一方では、去年の世直党の米仲買商らの身代金目あてのかどわかしの一件で、世直党に米仲買商との癒着を揶揄されたお方でもあるな」

「さようでございます」

「鳥居さまが世直党探索を町方に任せず、御目付さまの甘粕さまにも隠密の探索を指図なされたのか？　なぜだ。世直党に揶揄されたただではおかぬ、と思われたからか」

「それもあるのでございましょうが、これがそれだけとも言えないのでございます。与五が小岩村から仙台御城下へ旅をいたしておる間、てまえの方は畏れながら、甘粕孝康さまの周辺を調べさせていただきました」

「読売屋風情が御目付さまをか。無礼だな。どうやって？」

「読売屋は読売屋の、てまえらなりの伝はございます。例えば、御目付さま配下には御徒目付五十六名、御小人目付百二十八名がおられます。さらにその方々はご家族や使用人を従えておられます。すべての者の口をふさぐことはできません。はい」

「よかろう。で、何がわかった」

「鳥居さまは御目付さまのお役目の傍ら、河岸八町米仲買仲間のご相談役をなさっておられましたが、去年、天保世直党が身代金目あてにかどわかした仲買商・蓬莱屋、白石屋、山福屋の主人らは、いずれも仲間の行事役、すなわち鳥居さまとそのお三方とは、室町の浮世小路の料亭でたびたび談合を持たれる間柄でございました」

勘弥がいささか淫靡（いんび）な顔つきをした。

「しかも、鳥居さまとそのお三方の根本を探ってみますと、鳥居さまは相談役になられる以前よりお三方とご親交がございました。じつは、先ほど申しました文政九年の米河岸一揆で、鎮圧にあたっていた御小人目付の斎権兵衛と乱之介親子を、米屋打（う）ち毀（こわ）しの暴徒らの首謀者と名指ししたのは、そのお三方なのです」

桧垣がもどかしげに勘弥の話に耳を傾け、田村は唇をへの字に結んでいる。

「御小人目付の斎権兵衛は斬首になり、倅の乱之介は江戸追放になりました。そうして十二年後の去年、乱之介は世直党を率いて江戸へ戻り、そのお三方の身代金目あてのかどわかしにおよんだ。世直党はまんまと身代金をせしめました」

「すると、世直党がその三名をかどわかしたのは、鳥居さまと米仲買商の癒着を揶揄糾弾（きゅうだん）する狙いのほかに、乱之介の仕かえしの意図があったと申すのか」

田村が話の筋を確かめた。

「おそらく、さようで」

勘弥は頷き、さらに「のみならず」と続けた。

「米河岸一揆の折り、鳥居さまは御目付さま役ではなく、中奥番役でございました。鳥居さまは上さまのご命令で、打ち毀しのあった米河岸にお見えになられたのでございます。そして鳥居さまはその場で、打ち毀しの貧乏人どもに同情し、鎮圧にあたっていた伊賀衆と乱戦におよんだ斎権兵衛と乱之介親子を、打ち毀しを指図したとお三方に名指しさせ、打ち毀しの首謀者に祭り上げたのでございます」

「鳥居さまがなぜそのように？」

「はい。御公儀の治めるありがたき世に、民の打ち毀しなどあってはならぬ、とお考えだったのでございます。これは一部の不逞の輩の悪しき扇動によって起こったことであり、そののち、米河岸に打ち毀しなど起こっておらず、斎権兵衛と乱之介が手下を率い、白昼、米河岸の米問屋に押しこみを働いたという一件に、鳥居さまの知恵、あるいは指図によってすり替えられた、という噂がございますくらいで」

田村と桧垣が顔を見合わせた。

「つまり乱之介は、浮浪児だったおのれを倅にし育ててくれた父親であり師匠であった権兵衛の敵討ちのため、米仲買のそのお三方は申すまでもなく、むしろ狙いの本命は鳥居耀蔵さまである、と世直党の隠密探索を命じられた甘粕孝康さまはどうやら見なしておられるようなのでございます」

　そこで勘弥は、田村の方へ少し上体を傾けた。

「その御目付・甘粕孝康さまでございますが、文政九年の米河岸一揆で斎権兵衛ら配下の御小人目付を率いて打ち毀しの鎮圧にあたった御目付・甘粕克衛さまのご子息でございます。乱之介が父親・権兵衛とともに死罪にならなかったのは、その甘粕克衛さまの懸命な嘆願があったためとも言われております」

「ほう。親子二代に亘って乱之介とかかわりのある御目付さまか」

　田村が眼差しを泳がせ、呟いた。

「で？　甘粕さまは何ゆえ、小岩村の人買の江次郎の巣窟へ踏みこんだのだ」

「天保世直党が江戸より姿をくらましたと思われました去年九月、駒込の吉祥寺で鳥居耀蔵さまが世直党の襲撃を受けられました。吉祥寺は鳥居さまの菩提寺でございます。間一髪のところで、襲撃を予期し備えておられた甘粕さまと配下の御小人目付衆が駆けつけ、世直党との乱戦になり、最後に甘粕さまと乱之介との一騎打ちとなったのでございます」

「ふん。御目付さまともあろうお方が盗人の首領と一騎打ちだと。馬鹿な」

　田村は嘲笑を浮かべた。

「甘粕さまも乱之介もまだ三十前。血気盛んなのでございますよ。一騎打ちの勝敗は遺憾ながら乱之介に軍配が上がりました」

「一騎打ちなど、馬鹿なことをするからだ。甘粕さまは大怪我を負われたのだな」

「それが、乱之介は甘粕さまを討たず、甘粕さまに頼み事を言い残して逃げ去ったそうでございます」

　桧垣が訝しげに勘弥を見据えた。勘弥は目を伏せ、

「乱之介が申しました。中川をこえた川沿いのどこかの村に人買がいて、おのれは物心ついたときよりその人買の納屋で暮らしていた。その納屋が己の故郷だと」

　と、鼻眼鏡をなおした。

「ほかにも小さな子供がいる。人買を見つけ出し、子供らを救うてやれとでございます。その人買が小岩村の江次郎でございました。甘粕さま指揮の下、小人目付衆が江次郎の住居へ踏みこみ、江次郎は小伝馬町の牢屋敷に収監されたのでございます。乱之介が人買の江次郎に物心つく前の赤ん坊のころに買われた子であるのは、乱之介自身が甘粕さまに申した事なのでございます」

桧垣と田村は、口をはさまなかった。

勘弥はなおも続けた。

「それから甘粕さまは牢屋敷の江次郎を訊問なされ、乱之介らしき子がどのようにして買われ、そうして逃れたのかを訊ねられました。江次郎が大牢仲間の山助に乱之介らしき子の境遇を語ったのは、その前に甘粕さまの訊問があったからでございます。乱之介が旅飛脚の角八から買った赤ん坊で、角八がどのようにその赤ん坊を拾ったかは、すでにお話しいたした通りでございます」

午後の白い日差しの降る庭の木々に、小鳥が飛び交った。

「甘粕さまはすでにその赤ん坊が、およそ三十年前、ご当家で起こりました御中﨟のお濃さま殺害、並びに桧垣鉄舟さまを中心とした誠心会とご重役方との間に起こりました騒動のさ中、病死と伝えられたお濃さまのお子が、陸奥笠原家の先々代・斉広さまのお血筋ではないかと疑っておられます。すなわち、真之丞と名づけられました、かの男児でございます」

田村は腕組みをし、桧垣は目を閉じ、しかめた眉間に指先を押しあてた。

「甘粕さまがそのお調べをつくされないのは、笠原家の内々で処理された三十年前のお家騒動を今さら蒸しかえすことが、ご当家にいたずらな混乱をもたらすだけでなんの益もない、とお考えだからでございます」

勘弥は、ほんの束の間、桧垣の様子をのぞき見た。

「ただし、病死したはずの御本家直系のお血筋・真之丞さまが、ゆゆしき事情の下、暗殺者の手をまぬがれ御存命、と御公儀幕閣に伝われば、甘粕さまは改めて、三十年前、御分家の周村さまご養子、御後継ぎの事情調べを命ぜられることでございましょう。むろん、その噂が広まればお国元においても、周村さま周定さま二代に亘る桧垣さまの長きご権勢に、さぞかし多くの方々が異議申したての声を上げられましょう」

それから勘弥は、後ろの与五へ首をかしげる仕種をし、

「与五が持ち帰りました笠原家御本家の御家紋を縫いつけたこの半尻と、てまえどもが畏れながら御目付・甘粕孝康さまの周辺を調べさせていただきましたことを併せ考え、事の重大さに戸惑い、これは御番所のお役人さまにご報告いたす前に、ご当家にひと言お知らせすべきではないかと愚考いたした次第でございます」

何とぞてまえどもの存念を、お汲みとり願います——と、勘弥に続いて後ろの与五が、改めて桧垣へ頭を垂れた。

田村が腕組みをとき、桧垣へむっつりとした浅黒い顔を向けた。

「御家老さま、いかがとり計らいましょうか」

桧垣はしかめた眉間から指先を下ろした。そして、しばし考えつつ、縁廊下先の明るい庭へ澱んだ眼差しを投げた。

「花田屋、その方の望みは、やはり金か」

と、勘弥へ向きなおり癇性な口ぶりで言った。

「ほかには人はおらん。遠慮なく、存念を申せ」

「へへえ……」

勘弥は畏まった。

「これは読売種にしてはならぬと、お上のきついお達しなのでございます。どんなご褒美がいただけるかわかりませんが、てまえどももいろいろと物要りが続きましたもので、この御衣装をご当家でお買い上げいただければ、てまえどもは手に入れていないことにいたします。またお買い上げの金額次第で、これとこれは伏せよとのお言いつけなどがございますなら、それも考えられぬわけではございません」

「ふん。廻りくどいな。わかった。その衣装、言い値で買おう。そのうえで頼みがある。むろん、その分の金も、その方の望む通りに払う」

「おうかがいいたします」

勘弥はそつなく言った。

「まず、乱之介の素性については、奉行所役人への報告を、この夏の終わりまで伏せてもらいたい」

「夏の終わり……それはずいぶん長うございますね」

「花田屋なら、のらりくらりと蒟蒻のように言い逃れができるだろう」

勘弥は口をへの字に結び、鼻眼鏡をなおした。

「それから、世直党、と言うより斎乱之介なる首領の潜伏しておる先を、その方らのよく利く鼻で嗅ぎ廻って見つけ出せぬか。むろんこのこと、奉行所のお役人には乱之介の素性を探っているふりをして、内密にだ。その方らがわれらのために隠密に働いたことで、万が一、まずい事態になったなら、あとの面倒はわが笠原家が見よう。それでどうだ」

勘弥は小首をかしげ、考えこんだ。

「天保世直党が、乱之介が江戸におりますかどうか……」

「その方はどう思う」

「さあ、どうでございましょうか」

勘弥は鼻眼鏡をなおし、江戸家老にしては若い桧垣をちらと見上げた。

そうか、この桧垣京左衛門は笠原家において権勢を揮う桧垣鉄舟の縁者なのだな、と勘弥は青ざめた細面を一瞥して気づいた。

陸奥笠原家五十九万五千石と一蓮托生。それも面白い、と勘弥は思った。

五

同じ晩春の昼下がり、昌平橋から淡路坂の急な段坂を、陸奥笠原家の勤番侍・竹越亮善が急ぎ足でのぼっていた。

竹越の右手には、湯島の学生が小赤壁と呼ぶお茶の水の崖と崖下の樹林の間を流れる神田川が見下ろせ、左手には武家屋敷の土塀をこして、坂道にまで枝葉をのばした木々がつらなっていた。

崖の向こうにも武家屋敷の土塀や、湯島聖堂の木々に囲まれた反り屋根が晩春のくすんだ青空の下に眺められた。

菅笠の縁を上げると、淡路坂の上にある辻番所をすぎた先に太田姫稲荷の鳥居が見えた。袷の羽織が少し暑かった。

竹越は坂をのぼりきって足を止め、息を整えた。

そうして、境内の祠の前に黒羽織に菅笠、今ひとり、濃鼠の羽織に深編笠の二人の士が佇んでいるのを確かめた。

竹越は腰の二刀の具合と羽織の襟をつくろい、大股で歩んだ。

小ぶりな鳥居の前で立ち止まり、束の間、境内の二人の士と向き合った。

それから菅笠をとり、一礼した。

二人の士も、笠をとって礼をかえしてきた。

鳥居をくぐりながら竹越は、濃鼠の羽織を着たこの士が御目付……とその若々しく涼やかな容貌に少し胸を打たれた。

公儀旗本千二百石の甘粕孝康の評判は、念のために調べた。

その凜々しい容姿を甘粕家の屋敷がある三年坂界隈のお女中方が、錦絵のような、と胸ときめかし、また二十九歳の若さで遠からず筆頭にのぼること間違いなし、とき れ者で通っている評判の御目付である。

黒羽織の士は御小人目付と思われ、五十年配の老練な顔つきが引き締まっていた。

竹越は、二人の風貌に幾ぶん気後れを覚えた。

祠までの短い参道の砂利道に、境内の槐が影を落としていた。

木々の間に葭簀を張り、緋毛氈を敷いた長腰掛を三つばかり並べた出茶屋がある。

竈に架かった茶釜が湯気をたて、お休み処、の旗がのたりと垂れ下がっていた。

「笠原家勘定方の竹越亮善でござる」

　竹越は頭を低くし、御目付へ改めて名乗った。

「わざわざのお越し、いたみ入ります。御目付役を拝命いたしております甘粕孝康です。この者はわが配下の森安郷と申します」

「御小人目付組頭を務めます森安郷です。お見知りおきを」

　竹越は御小人目付と会釈を交わした。

「わたくし事の申し入れをお受けいただき、本来ならば一献差し上げる場でと考えておりましたが、昼間の上屋敷を離れた目だたぬところで、とのご要望ゆえこのような場にさせていただきました」

　甘粕が言った。

「いえ。ここならそれがしも安心です。さすがは江戸は広い。芝口の上屋敷に勤番して五年になりますが、風光明媚と話には聞いておりましたお茶の水にきたのは初めてです。坂の上より、神田川の流れが江戸の町を彼方の隅田川へゆるやかにくねる風景を眺め、惚れぼれといたしました」

「お国も美しい土地柄と、聞こえております」

「はい。青葉繁れるお城より眺めます広瀬川とわが城下の眺めも殊のほか美しく、国を思い出すと胸が熱くなります」

「なるほど。国とはそういうものなのでしょうね。わたしは江戸しか知りません」

まずは――と、甘粕に進められ、竹越は甘粕の後ろから出茶屋へ入った。

三人が腰の刀をはずし緋毛氈の長腰掛に腰を下ろすと、亭主らしき年配の男が何も言わずとも茶を出した。

竹越は少し喉の渇きを覚えていて、熱い茶をゆっくり含んだ。

竹越と向き合って甘粕と森が長腰掛に並んでかけ、穏やかな表情で竹越が茶碗をおくのを待っていた。

どうぞ――というふうに、竹越は茶碗をおき、軽く眼差しを落とした。

間をおいて、甘粕が話し始めた。

「わたしはただ今、ある事柄を探索する役目を申しつかり、その事柄にかかわる人物を追っております。事柄はご当家とはいっさいかかわりがなく、その人物を追ってご当家に障(さわ)りが生ずる事柄でもありません」

ふむ、と竹越は頷いた。

「その人物を追う筋道において、図らずもその人物の出自に触れるなりゆきとなり、人物を追う役目柄、わたくしはその出自に関心をそそられました。その人物……仮に今は、男と呼ばせていただきます」

　甘粕の涼しげな笑みが、竹越の緊張をほぐした。

「すなわちその男の生まれは、わが領国なのですね」

「はい。おそらく……」

「御目付さまが乗り出されるほどの、御公儀に叛（そむ）く罪を犯した者なのですか」

「本来は、町方の掛（かかり）の一件です。事情があって、わたくしに隠密の探索が命じられました。隠密ゆえ詳しい事情を今はお話しできません。ただ、男の年は二十九と思われます。今が二十九ならば男の生まれは文化八年。男が生まれて三月ほどがたった翌年の文化九年の春から夏にかけ、ご当家ではある変事が起こっております」

　竹越は目を伏せ、不安げに眉をひそめた。

「何とぞご懸念なく。男を追う筋道において男の出自に触れるなりゆきとなり、それが竹越さんのお国元であったがゆえに、結果としてご当家の内情を調べる事態にはなりましたが、わたくしの役目はあくまである事柄の探索です。ご当家の内情にわたくしの役目はかかわりがありません。二十七年前においても、また当代においても」

　竹越さんに――と、甘粕は笑みを真顔の陰にしまった。

「ただ今ここで竹越さんにお会いしているのは、初めに申しました通りわたくし事です。それはお約束します。ですからわたくし事として、青葉会の会頭を務めておられる竹越さんにおうかがいいたしたいのです」

「青葉会のことをご存じなのですか」

「はい。むろん誠心会のことも、青葉会の同士の方々が密かに呼ばれておられる文化九年の《お濃さまの変》のことも。そのうえで、今のご当家の内情では、誠心会の方に男の出自をお訊ねしてもお話しはしていただけまい、と勝手に推測いたしました」

ふん？ と竹越は小首をかしげた。この若い御目付は、自分から男の何を訊き出そうとしているのかを考えた。

森という御小人目付は口をはさまず、しかしどこか物思わしげだった。

「甘粕さんは、わたしがその男の何を知っているとお考えなのですか。文化八年九年ですと、わたしが六歳から七歳、のころでした。何か思いあたることがあったとしても、曖昧にしか覚えていないかもしれません」

「文化八年の暮れ、先々代斉広さま御中﨟のお濃さまが、男児をお産みになられました。斉広さまには男児がおられず、待望のお世継ぎがお生まれになったのです。お子さまは真之丞さまと名づけられました。ご存じですね」

竹越は甘粕と向き合い、黙っていた。

「翌年春、江戸表の御正室・糴の方さまのご縁戚にあたる国元の御中﨟のお翠さまが園遊会をお開きになった。お濃さまも招かれ、園遊会の場へ向かわれる途中、不慮の災難に遭われ、お亡くなりになられました。そして数日をへて、真之丞さまが突然、ご病死されたのです。竹越さんにおうかがいしたいのは、真之丞さまの突然のご病死についてなのです」

甘粕の白皙(はくせき)が竹越へ、幾ぶん近づいた。

竹越には言葉がなかった。

「二十七年前のことであっても、青葉会の方々は、当然、《お濃さまの変》の経緯をお調べなのではありませんか。実事はわからなかったとしても、伝え聞かれたこと、噂や評判、みなさんがご記憶のこと、それをお聞かせいただきたいのです。殊に真之丞さまの……」

「ま、まさか」

出茶屋の亭主は、離れた竈(かまど)のそばにいて竹越らに背を向けていた。

竹越は境内へ目をそらした。

昼下がりの日が差す境内に参拝客は入ってこなかった。

木々を飛び交う小鳥の声だけが聞こえた。

竹越はふと、甘粕はこの密談のため、境内に人が入ってこぬよう手配りしているのではないか、という気がしてきた。

この出茶屋もそのためわざわざ設えたのでは、と思えた。

なんと、周到な男だ、と竹越は境内の周辺に覚える人の気配を探った。

「繰りかえしますが、わたくしはその男の出自にわたくし事として関心をそそられ、ゆえに知りたいだけなのです。これは笠原家にはかかわりのないことです。たとえ男の出自がどうであろうと、わたくしは役目を遂行するのみです。ここで竹越さんとお会いしたことも、誰かに知られる心配はありません」

甘粕が重ねて言った。

竹越は頭が混乱し、何を話していいのやら、整理がつかなかった。しばらくしてやっと、呟くように言った。

「青葉会はわが笠原家の政を憂える同志の集まりであり、表だって正々堂々と行動しており、いっさい隠し事はなく、隠さねばならぬ後ろめたいふる舞いもありません」

竹越は小さな溜息をつき、どのように話すかを考えた。そして、

「わが青葉会の同志の中には、二十七年前はまだ生まれていなかった者も多くおりま

す。ですがみな、お濃さまの悲嘆、真之丞さまの無念を忘れるな、と合言葉のように
よく口にし……」
と、話し始めた。

二之章　蛮社の獄

一

天保十年五月、三河田原の三宅家年寄役末席・渡辺崋山や、水沢の浪人・高野長英ら尚歯会を中心にした蘭学者らが、幕政批判の罪案によって御目付・鳥居耀蔵指図の下、一斉に捕縛された。

五月十七日、出羽の国鶴岡の同じく尚歯会の蘭方医・小関三英が、後の世に蛮社の獄と呼ばれる蘭学者の一斉摘発の中で自刃した夕刻だった。

霊岸島南新川の銀町一丁目に土蔵造りの店をかまえる下り酒問屋・伊坂屋に、菅笠をかぶった旅姿の侍の一団が草鞋を脱いだ。

伊坂屋は霊岸島の南新川界隈に複数の下り酒問屋と、のみならず、明樽問屋、醤油酢問屋、下り塩問屋、水油問屋などの系列店を従える大店だった。

系列店は新川南河岸通り一帯に銀町から長崎町、霊岸島町にまでおよび、各々の店が土手蔵をつらね、また界隈の地面の多くを所有し、表店から裏店までの家作を所有する地主でもあった。

主人・伊坂屋の蝶三郎は陸奥の商人の二代目で、蝶三郎が主になってから陸奥笠原家の御用達を受け賜る豪商だった。

その伊坂屋に草鞋を脱いだ侍の一団は、総勢十七名だった。

みな夜目にはわからない埃と汗にまみれていたが、屈強な体軀の者らばかりだった。

一団は、世話掛を命じられた伊坂屋手代に銀町三丁目の、大名屋敷の石垣と土塀が対岸に鬱々とつらなる入り堀端の二階家へ案内された。

そこは以前、出会いや密会に使われていた堀端の船宿で、その船宿を伊坂屋蝶三郎が買いとり、儲けを度外視して、伊坂屋のお客や関係業者の接待、並びに笠原家ご重役方の供応などに利用するために建て替えられた高級料亭だった。

侍たちは、大部屋の続きの二部屋にわかれて旅装束をといた。

その部屋からは、二階の出格子窓ごしに手入れのいき届いた海鼠壁が囲う庭と大名屋敷を隔てる堀が見下ろせた。

侍たちが旅装束をといているところへ、主人の伊坂屋の蝶三郎と案内の手代、別室が用意されている組頭の来栖兵庫と幹部の原大二郎の四人が現れ、原が「みな、手をとめて聞け……」と侍たちを見廻した。

「雷電組のみなさま、お国元よりの長い旅をお疲れさまでございました。わたくし、当伊坂屋の主を務めております蝶三郎でございます」

四十代らしき主人が畳に手をつき、初めに挨拶をした。

主人は、勇猛果敢と評判に聞いている雷電組を迎えることができ大変誇らしく思っており、江戸での危険な勤めの成就を祈っていること、今宵はささやかな宴を用意しているのでひと風呂浴びて旅の汚れを落とし、などとそつのない歓迎ぶりだった。

侍たちが風呂を浴びている間に、広間では宴の支度がなされた。

主人の蝶三郎は、刻限に到着した笠原家江戸家老・桧垣京左衛門と番方組頭の田村蔵六、それに読売屋の花田勘弥、との中間らを乗せた川船を、堀側切岸の船宿の名残りを偲ばせる河岸場に出迎えた。

桧垣も田村も山岡頭巾に、目だたない黒の羽織袴姿だった。

蝶三郎は、河岸場から石段を五段のぼった引き違えの格子戸の裏口より、桧垣らを宴の開かれる広間とは別の一室に導いた。

部屋には、桧垣、田村、来栖、原、そして木挽町の読売屋・花田屋の勘弥ら五人の膳が整えられてあった。

ほどなく広間での雷電組の宴が始まり、桧垣を筆頭に五人は広間へ向かった。

雷電組の侍たちは伊坂屋の用意した浴衣姿で、初めてお目通りになる国家老の到着を待っていた。

桧垣と田村が並び、左右に来栖と原、後ろに勘弥と伊坂屋主人・蝶三郎が着座し、原が「御家老さまである」とひと声かけると、来栖と原をのぞいた総勢十五人の屈強な士らは膳より下がり一斉に平身低頭した。

「みな、明日より厳しい使命が待っている。自らなすべきことをなせ。すべてはお家のためだ。御家老さまは雷電組に期待しておられる」

と、それは来栖が言った。

「今宵は江戸の珍味を味わい、上等な下り酒を浴びるほど呑んで明日よりの英気をしっかり養い、われら雷電組の働きを御家老さまにお見せするのだ」

原が続けて言った。

一同が平身低頭したまま「ははあっ」と応え、蝶三郎が、

「みなさま、料理も酒も十分にご用意いたしております。ささ、お手をお上げくださ

いませ、みなさま。芸者らも待っております」

と言って手を叩き、侍たちが顔を上げたとき、桧垣、田村、来栖、原、そして勘弥の五人の姿はすでになかった。

きらびやかな衣装の裾を引きずり、白粉こってりの芸者らがぞろぞろと入ってくると、蝶三郎が満面の笑みで言った。

「わが町の芸者どもでございます。霊岸島は土地柄、埋めたて地が多く、地面が蒟蒻のようにふわふわしており、芸者も蒟蒻のようにふわふわと芸を務めますので、俗に蒟蒻芸者とも申します」

侍たちがどっと笑い、酒盛りの始まった賑わいを聞きながら、別室では桧垣ら五人が膳に着いて歓談を交わしていた。

しかしそれは歓談と言うより、ひっそりとした密談と言うべきだった。

上座の花鳥の屏風を背に桧垣京左衛門、左に田村蔵六、右に来栖兵庫と原大二郎が田村と向き合い、下座に勘弥の膳があった。

勘弥は、その密談が始まってから豪華な膳の酒肴に殆ど箸をつけず、調べたことの報告を続けていた。

「……さらに、天保世直党はこの一月、御公儀お膝元を混乱に陥れるべく火つけを狙った越後新発田の蘭医であり蘭学者の、松井万庵なる謀反人の処刑のため刑場へ向かう町方の一隊を、小塚原の野道で急襲し、万庵救出をもくろんだのでございます。むろんそのもくろみは、お上の果断なる反撃に退けられ、万庵処刑は滞りなく行われたのでございますが、そのような無謀を平然とやる命知らずの無頼漢でございます」

「一味はその襲撃も五人、翁、猿、烏、鬼、それに般若、だったのか」

来栖が、ひと口盃を舐めて訊いた。

雷電組頭の来栖は、天保世直党の米河岸の米仲買商身代金目あてのかどわかしの一件から、仲間を救うための南茅場町の大番屋襲撃、駒込吉祥寺の鳥居耀蔵襲撃、そして小塚原の乱戦の詳細に強い関心を示した。

「もう一名、獅子口の仮面をつけた輩が仲間に加わっておったようでございます。その獅子口は天罰てきめん、お上が備えていた鉄砲に仕留められ、大怪我を負い、這う這うの体で逃げ出す始末でございます」

「鉄砲を備えていた？　処刑人を刑場へ引きつれる隊列にか？」

「はい。さすがは、お上のなさりように手抜かりはございませんですな」

勘弥は誇らしげに言った。

「襲撃は全部で六名。鉄砲まで備え……町方の備えの数は何人だった」

「騎馬の与力さまお二方に、町方の同心、小者、中間、鉄砲ら戦える者だけで三十名以上、四十名まではいかなかったかと。そうそう、そのほかに松井万庵なる悪党が火つけを狙った芝はめ組の町火消の二十名ばかりが、自分らの判断で助っ人に加わっておったようでございます」

「世直党は、獅子口のほかにどれほどの者が倒された。捕縛された者を含めて」

「ですから、鉄砲に追い払われ、お上のご威光に恐れをなして、万庵を救い出すこともできずに逃げるしか術はなかったのでございます」

「獅子口の仮面は疵を負い逃げた。そのほかに世直党で討たれた者や捕えられた者はどれだけだったかだ。世直党六名と三十名以上の町方、助っ人の町火消約二十名らが乱戦になったのだろう。双方、斬り結んだのだろう」

「大乱戦でございます。爆裂とともに火炎が天を突き、鉄砲がうなり、ときの声とともに双方押しては退き、退いては押す、まさに討つか討たれるかの合戦さながらだったと、小塚原でそのあり様を見た者の話でございます。残念ながら、それを瓦版にできなかったのは、いっさい瓦版にしてはならぬというお上のきついお達しがございまして……」

来栖は持ち上げた盃を止めたまま、訝しげな顔つきを勘弥へ投げていた。

勘弥は話しづらくなり咳払いをした。ひと口、酒で唇を湿らせ続けようとすると、

「獅子口が鉄砲で疵ついた以外は、みな逃げおおせたのだな」

と、来栖がきつい口調で確かめた。

「まあ、それは町方のお役人は松井万庵を刑場へ引きつれるお務めがございまして、世直党を追う役目ではなかったからでございましょうね。追えばもっと多くの……」

「五十名以上と六名の乱戦で、鉄砲で撃たれた者ひとりか？」

来栖の隣の原大二郎が口をはさんだ。

「ですが町方の方では、死者こそ出さなかったものの、負傷者は数知れず、騎馬の与力さまお二人は落馬なさって大怪我だとか」

なんと――原が呆（あき）れ顔で言い、来栖と顔を見合わせた。

勘弥は言わずもがなのことを言った自分に気づき、顔を伏せて盃をすすった。

上座の桧垣と番方の田村は概（おおむ）ね勘弥の話を心得ているらしく、口を出さなかった。

広間の方から、芸者の三味線の音と手拍子や騒ぎ声が聞こえてきた。

来栖は腕組みをし、むつかしい顔をしたなりもう詳細を訊ねなかった。

勘弥は続いて、この春、御目付・鳥居耀蔵が向島へ梅見に出かけた折り、再び世直党に襲われ、そこでも運よく御目付・甘粕孝康（あまかすたかやす）の助けがあって九死に一生を得た経緯

を語りながらも、来栖の様子が不機嫌になっていくのに戸惑った。

「とにかくしつこい一味で、追い払っても追い払っても……」

言いかけた勘弥を、「花田屋」と来栖が腕組みをといて止めた。

「われらはわれらの腕ひとつで御側用人・桧垣鉄舟さま、並びに誠心会の方々のお指図に従い国のため、お家のために働いておる。われらに都合のいい話を聞きたいのではない。世直党、頭の乱之介なる男、その者らのまことの力を知りたいのだ。おぬし、読売屋だろう。読売屋には読売屋の、お上に沿った見方とは異なる見方があるのではないか。それを聞かせてくれ」

勘弥は唇をへの字に結び、汗ばんだ額に深い皺を寄せた。そして、瞼をしばたたかせて、やおら頷いた。

「さようでございますか。まことの力をね。ただ、まことの事は容易にはわかりません。しいて申しますなら、わたしどもの読売を読むほどの江戸町民の多くは、お上に叛いていることはわかっていて、乱之介が率いる天保世直党に快哉の声を上げているのだと思われます。お上へひと泡吹かせるたびに、やったぜ、ざまあ見やがれ、と。みなそれほど暮らしに鬱屈し、世直党の快事にはけ口を求めているのでございましょう」

「お上は、乱之介率いる世直党に泡を吹かされているのか」

「ひと騒動あるたびに。今のところ歯がたちません。御目付の甘粕孝康さまぐらいでございましょうかね。世直党、すなわち乱之介と対等に渡り合っておられるのは。むろん、まことの事情を読売にすることなどできませんが」

勘弥は冷笑をもらした。

「乱之介……どんな男だ」

来栖が呟いた。

「花田屋、世直党の消息のこれまでにわかっておることを報告せよ」

田村が話を進めた。

勘弥は「はい」と応え、来栖のむつかしい顔をうかがった。

「昔、深川の永代寺の床下をねぐらにした、代助(だいすけ)と羊太(ようた)という兄弟の浮浪児がおりました。じつは、世直党の頭・乱之介は、斎権兵衛(いつきごんべえ)という御小人目付に買われるまで、その兄弟と永代寺の床下で暮らしておりました浮浪児仲間なのでございます。その兄弟が、どういう経緯をへてかはわかりませんが、乱之介の手下になっておるのでございます」

「世直党の一味に、その兄弟がおるのだな」

原が確かめる口調で聞いた。

「兄弟の年のころは、おそらく乱之介と同じくらい。乱之介がいなくなったあとも、兄弟は深川に数年おったようでございます。その後、千住の馬喰の親方に拾われたかで、深川から姿を消したのでございますが……」

来栖が勘弥を見つめて盃を舐めた。

「これも昔、深川で博奕打ちをやっていて、今はもうかなりいい年をした男が、ほんの十日ほど前、たまたま根津の宮永町の女郎屋で、兄弟の弟の方の羊太という男を見かけたそうなのでございます」

「根津の宮永町？」

「谷中という江戸の場末にある古い神社の門前町だ。岡場所がある」

田村が補足し、来栖と原が頷いた。

「博奕打ちの話にもとづき、根津界隈を手わけして虱潰しにあたりましたところ、羊太らしき男が、ようやく見つかりました。羊太は小一と名を変えて……」

勘弥の話が続くさ中、広間の誰かが三味線の音に合わせ端唄を唄い出した。

わしが思いは三国一の、富士の深山の白雪、

積もりゃするとも溶けはせぬ……

二

羊太の白い身体の下で、年増の女郎が吐息をもらした。

女郎の吐息は、羊太が腰をふるのに合わせて、早く早くと急（せ）かした。

羊太は女郎の艶（なま）めかしい吐息にあおられ、どうだいおれのは、すげえだろう、惚（ほ）れるだろう、と得意になって懸命に腰を動かした。そのうちに、女郎は下から羊太の首筋へ両腕を巻きつけ、羊太の耳へ喘（あえ）ぎ声を吹きかけつつ、

「ねえ、小一ちゃん。あっしね、あっはん、お願いがあるの、あっはん」

と、途ぎれ途ぎれに言った。

「ね、願いい？　今、それどころじゃ、ねえだろう」

羊太は切羽つまってきて、女郎の《お願い》をじっくり聞く余裕がない。

「あっはん、あっしね、次の、根津さまの紋日（もんび）に、着物をね、拵（こしら）えたいの」

「もも、もんびたあ、な、なんだい」

「あら、いやだ。小一ちゃん、紋日を、あっあっ、知らないの」

紋日とは、客寄せのために遊郭で祝う年中行事の祝日である。

世間一般の五節句のほかに廓独自の紋日が数々あって、吉原の遊女は紋日に客がつかないと自腹をきる身揚りや、当日着る衣装を調達する費用を馴染み客に無心しなければならないのである。

場末の根津の女郎屋でも吉原を真似て、「紋日に着る衣装がいるの」と、女郎が無心をして見せ、客の財布の紐をゆるめさせる。駄目で元々である。

「なんで紋日に、新しい着物が、い、いるんだい。今ので、いいじゃねえか」

羊太の息が荒くなっていた。まだまだ、と堪えているが、もうあんまり我慢が続きそうにない。女郎は羊太にすがりつき、

「だからね、あっしのね……」

と甘くねだって、蕩かしにかかる。

羊太には、一体幾らかかるんだい、と考えるゆとりは残っていなかった。

「あ、はあ。もも、もたねえ……」

身体の底から湧き上がるたぎりに、衣装に幾らかかるどころの話ではなかった。

しかし女郎は、羊太がせわしなくなってきたここを先途と、耳をかんだり腰をふったり哭いてみせたりと、手練手管でこっちも懸命である。

二人の間断ない喘ぎ声に合わせ、膳の銚子と猪口がかたかた鳴り、煙草盆の煙管が

転がり、畳がゆれ、襖がゆれ、女郎屋もゆれる。

吐息が裏がえり汗がしたたり、腰と腰がわっせわっせと調子の高まったところで、

「お願い、小一ちゃ、あっあっあっ……」

「あわわわ、わかったぁぁ……」

と、羊太は深くも考えず呆気なく陥落した。

女郎はぐったりしている羊太に「じゃ、約束よ。またね」と言い残し、そそくさと部屋を出るとすぐ、隣の部屋の薄い壁を惣吉がどんどんと叩いた。

「小一、いくぞ。早くしろ」

「わかってるよ。急かすなって」

羊太がぐずぐずしているところへ廊下を鳴らし女郎屋の若い者がきて、「へえ、お客さん、刻限で」と、惣吉とともに夜更けの宮永町の通りへ追い出された。

妓楼の軒提灯はそこかしこに灯っているけれど、呼びこみの遣り手や若い者の姿はもう消えているし、嫖客の姿も見えなかった。

軒屋根の猫が、羊太と惣吉に一瞥を投げ、瓦の上を音もなく歩み去っていった。

根津権現前には、藍染川と分かれる掘割をはさんで、北側の惣門をくぐる根津門前町と南側の宮永町に岡場所がある。

羊太と惣吉は、根津門前町中坂横町の五木屋から一町離れた宮永町の妓楼に、早くも馴染みの女郎ができていた。

と言っても、羊太と惣吉が五木屋の若い衆を始めてまだ二月少々。妓楼では、二人が五木屋の小一さんと寛助さんと知られたばかりである。

「乱さんはいい顔をしないから、秘密だぜ」

そう言って羊太が惣吉を誘い、五木屋の仕事が終わったあとにこっそり抜け出しては、三日にあげず宮永町の妓楼に通っている。

二人は、五木屋の誰にもまだ気づかれていないと思っていた。

羊太は女郎が自分に惚れていることを、自慢したくてならなかった。

「女がよ、もっともっととせがんで、放してくれねえんだ」

宮永町の夜道をゆきながら、大男の惣吉を見上げて羊太は言った。

「そこまで惚れられたんじゃあ、無下にもできねえだろう。おれも男だ。しょうがねえ。ここは女のためにひと肌脱ぐしかねえじゃねえか」

「ほんとか。おめえ、引っかけられてんじゃねえのか。たった二月くらいで着物拵えてくれなんぞと、調子がよすぎるんじゃねえか」

「だから、おめえには女の真心がわからねえのさ。男と女の仲はな、長さじゃねえ。

深さなんだ。大事なのはここさ」

　羊太は指先で胸を突いた。

　通りかかった妓楼の二階から、女郎のけたたましい嬌声が夜道に響いた。

「その紋日の着物を拵えるのに一体幾らかかるんだい。安くねえんだろう。乱さんに知られたら叱られるぜ。代助兄さんも黙っちゃいねえぜ」

「おれがしたいようにするんだ。乱さんにも兄きにも文句は言わせねえよ。けど、乱さんにも兄きにも言うんじゃねえぞ」

「言うもんか。そんなことを言ったら、こっちまで叱られらあ」

　二人は掘割に架かった丸木の橋を渡った。

　惣門をくぐった根津門前町の通りも、夜が更けてひっそりとしている。

　野良犬が暗い夜道を横ぎっていく。

「ところで、おめえの相方はどうなんだい」

「おれの？　ぐふ……おれのは小っちゃくて可愛いんだ。初めは恐い人かと思ったけど優しいのね、って言ってくれる」

　二人は草履を夜道に鳴らしながら、ぐふぐふ……と笑い合った。

　惣門横町、鳥居横町とすぎ、続く中坂横町を裏通りへ折れて五木屋はすぐである。

五木屋と隣の棟との路地から、裏庭を囲う板塀の裏戸を音をたてずにくぐった。

勝手口からこっそり入った途端、いきなり土間に明かりが差し、

「あんたたち、何してたのっ」

と、聞き慣れたお杉の濁声(だみごえ)が飛んできた。

手燭(てしょく)をかざしたお杉が、土間続きの板敷に立っていた。

「あ、お杉さん、じゃなかった、女将(おかみ)さん……」

「まだ、起きてたのかい」

二人は手燭の明かりに照らされ、きまり悪げににやついた。

「まだ起きてて悪かったね。あんたたちのことが気になって、眠れなかったんじゃないか。黙っていなくなっちゃあ、みんなが心配するだろう」

お杉が怒った顔をして睨(にら)んでいる。

「黙って、だったかな。惣吉じゃなくて寛助(かんすけ)、おめえ、ひと声、かけてきたんじゃなかったのかい」

「おら、小一が言ったと思っていたからよ」

二人は顔を見合わせ、もじもじした。

お杉の後ろから、寝間着代わりの帷子(かたびら)一枚をまとった乱之介が顔を出した。

「小一、寛助、無事戻ってきたか。ふふん、遊ぶなとは言わないが、いき先は必ず誰かに告げていけ。信吉さんはさっきまで、どうせおまえらは宮永町だろう、ほっときゃいいと、不機嫌だったぞ」

「あ、あはは……兄きは知っているのかい」

「知っているから、うるさくは言わず大目に見ているんだ。根津に越してまだ二ヵ月足らずだが、だいぶ足繁く通っているみたいだな」

「いや、それほどでも。な、なあ寛助」

　羊太が照れくさそうに惣吉へ笑いかけ、惣吉は大きな身体を縮めた。

「だがな、おれたちがどういう身か常に用心してかからなきゃあ駄目だぞ。大したことはねえと高をくっていたら、思わぬところから足を掬(すく)われる。役人の目、手先の目、昔の知り合いの目、どこで見られているかわからない。それを忘れるな」

「わ、わかった。気をつけるよ、らん……じゃなかった、板さん。なあ寛助、おめえ目だつから気をつけろよ」

　惣吉がしきりに頷いた。

「わかったら、とっとと寝ちまいな。明日も仕事が早いんだからね」

　お杉の濁声に叱りつけられ、二人はすごすごと土間から消えた。

「もう、しょうがないやんちゃ坊主どもなんだから」

と、お杉の不機嫌は収まらなかった。


同じ刻限、土手三番町より六番町へのぼる三年坂にある御目付・甘粕孝康の屋敷の長屋門を、市ケ谷左内町坂上に住む洋学者・白木民助の下男が懸命に叩いた。門番から若党へとり次ぎ、下男は隠居の甘粕克衛が菜園にしている邸内裏庭へ若党に導かれた。裏庭は、縁廊下を隔て隠居の克衛の居室に面している。

克衛は若党の手燭が裏庭に見えると、すぐに縁廊下へ出てきた。

白木の家に若いころから奉公している、顔見知りの下男だった。

下男は提灯も持たず、夜陰を縫って急ぎ駆けてきたらしく、まだ息が荒かった。

風呂敷に包んだ荷物を腰にくくりつけていた。

「ご隠居さま、お久しゅうございます」

縁廊下の沓脱ぎのそばに跪いた下男の白髪が乱れていた。

「挨拶はよいから立て。白木さんに何かあったのか」

克衛が縁廊下に片膝をつき、もどかしそうに下男を見下ろした。

「は、はい。半刻ほど前、町方の捕り方が突然、屋敷に踏みこんでまいり、旦那さまが捕えられ、御番所に引ったてられていかれましてございます」

「何、白木が。とうとう、やられたか……」

克衛は唇を噛みしめ、膝を打った。

御目付・鳥居耀蔵の采配で、幕政批判を口実に尚歯会を中心にした蘭学者の一斉とり締まりが行われていることは、むろん克衛は知っている。

五月になり、御公儀に不穏な動きがあるので身を隠せと、白木には知らせていた。わかった、と言いながら、白木は自分ひとりが江戸から逃れることを潔しとはしなかった。白木はそういう男だった。

「お内儀と由利さんは、ご無事か」

白木の妻とひとり娘が、克衛には気がかりだった。

「お二方はご無事でございます。ですが、旦那さまのご本や書き物などの家探しにより家中がひどく荒らされ、お内儀さまとお嬢さまには厳しい訊問が行われておるようでございます」

「そうか。よく知らせてくれた。ご苦労だった」

「ご隠居さま、わたくしは旦那さまのお使いでまいったのでございます」

下男が顔を上げ、血走った目を向けた。そして、腰に巻いていた風呂敷包みをとって両掌で差し上げた。

若党に風呂敷包みを手渡され、包みの、ずしり、とした重さが伝わった。

「これは……」

風呂敷をとくと、見事な表装をほどこした一冊の部厚い書物が出てきた。

克衛も初めて見る洋書だった。

若党が近づけた手燭が、鈍茶色の表装に記した西洋の文字を照らし出した。

「父上」

縁廊下を単の寝間着姿の孝康が、一刀を携えて足早に現れた。

「ふむ。白木が町方に捕縛された」

克衛が言い、「ああ、白木さまが……」と、孝康は夜目にも涼やかな面差しに苦渋の色を浮かべた。

克衛、孝康の親子ともに白木の身の危険はわかっていたが、公儀御目付の立場上、打てる手は限られていた。孝康が克衛に並んで片膝をついた。

「白木さんが、これをわたしに渡せと言われたのだな」

さようでございます――と、下男は跪いたまま踏み石へ手をかけた。

「ひとまず上がれ」

「いえ。お内儀さまやお嬢さまがお心細い思いをしていらっしゃいます。わたくしはすぐ戻らねばなりません。捕り方が屋敷をとり囲みましたとき、旦那さまが下男部屋のわたくしのところへまいられ、この書物を甘粕さまのご隠居さまにお預けするように申しつかったのでございます」

克衛と孝康は顔を見合わせた。

「そのうえで、旦那さまが申されました。自分は裁きを待つ間、牢屋敷につながれる身になる。裁きはおそらく重追放か死罪。それまでに一度、一度でよろしゅうございます。ご隠居さまに牢へ会いにきてもらえぬか。この書物について伝えなければならないことがある、とのことでございます」

「この書物について、白木の存念があるのだな」

「おそらく、さようかと、思われます」

下男が、深々と頭を垂れた。

「承知したぞ。白木には必ず会いにいく。この書物もわたしがしかと預かった」

「ありがとうございます。旦那さまのお言いつけのお務めが果たせ、安心いたしました。ではわたくしはこれにて」

休んでゆくがよい、と言うのも辞退し下男は左内坂の屋敷へ戻っていった。

　克衛と孝康は居室へ入り、書物をはさんで着座した。

　見事な表装を開くと、ぎっしりと書きつらねた西洋文字の紙面が現れた。

「白木さまは私塾を開き、洋学を教授しておられましたが、尚歯会に加わってはおられず、表だって幕政批判もしておられませんでした。それでも町方が捕縛したのは、この書物と何かかかわりがあるのでしょうか」

　孝康がゆっくり紙面を繰りながら言った。

「白木は西洋の優れた学問に魅せられ、それを学び、西洋の何が優れているのか、洋学者として知りたいだけなのだ。あれほどの男を捕え学問の道を閉ざして、この世に一体なんの益がある。愚か者めらが、この国を蝕(むしば)んでおる」

　克衛は、低くうめくように言った。

　それから腕組みをして、しばし黙考した。

「白木に会わねばならぬ。孝康、とり計らってくれるか」

「はい。二、三日中には」

　孝康は書物を閉じ、克衛の膝の前へすべらせた。

　だが、公儀の政(まつりごと)に叛(そむ)く者として開明派を苛烈にとり締まる方針の、その公儀の高官である御目付の家の者が、牢屋敷に収監された蘭学者や洋学者に会うのは簡単なことではなかった。

御目付・甘粕孝康の役目を損なう恐れがあった。しかし、

「頼む」

と、克衛の書物を見下ろす目がいつになく厳しかった。

孝康は暗い寝所へ戻った。すぐには布団へ入らず、濡れ縁にかけた。

孝康が童子のころより使っている寝所には、濡れ縁と狭い庭を隔てて三年坂に沿った土塀があり、土塀の上に夏の星空が見えていた。

孝康は蚊遣りを焚いた臭いをかぎながら、考えた。

あの書物には、一体、何が記されているのだろう……

ふと、今はどこに姿を消したかも知れぬ乱之介を思った。

「おぬし、それを知りたいとは思わぬか」

孝康は乱之助に問うた。

「もう知っているさ」

と、乱之介ならそう応えて、笑うような気がした。

あの書物の向こう側へいってみたい、と若い孝康はときめく胸の中で思った。

三

この夏、根津門前町の料理茶屋・五木屋の料理が江戸で評判を呼んだ。年寄りの女将と若い仲居がひとりいるだけの小さなかまえの、さして高級な店ではないのだけれど、

「権三とかいう板前は、上方で修業を積んだらしいぜ。滅法腕がいい」

と、食通をうならせる若い板前が板場をきり盛りしていると、根津権現の参詣客の口伝えで江戸市中へ広まったのだった。評判が評判を呼び、開店からわずか二ヵ月で五木屋は、昼は参詣客、夜は宴席の客足が途絶えず、根津の名物店になっていた。

五月のその昼下がり、庭の樹木の蟬の鳴き声と軒先に吊るした風鈴が簾ごしに夏らしさを運ぶ五木屋二階座敷に、裕福そうな商人と侍二人の三人連れが上がっていた。三人連れは摂津のよく冷えた下り酒に喉を鳴らし、なごやかな談笑を交わしつつ運ばれてくる彩り豊かな料理に舌鼓を打った。

昼の賑わいが幾ぶん収まったころ、二階座敷の三人連れは酒をそろそろきり上げ、

飯物を頼んだ。

三人が頼んだ飯物は、鯛と香物の鮨だった。

それもまた「美味い」と思わず声が出るほど、殊のほか美味だった。

腹が満ち足り火照った身体を、簾ごしに吹き寄せる午後の涼風と蟬の鳴き声になだめられ、そこへ〆のまくわ瓜の水菓子が口直しに出て、終わりまでいき届いた献立に三人連れは感心しきりだった。

裕福そうな商人ふうの客が、水菓子を運んできた若い仲居に言った。

「わたしは霊岸島で伊坂屋と言う酒問屋を営む商人です。根津の五木屋さんの評判は前から耳にして、今日はお客さまをお連れしたんですよ。なるほど、大変美味しかった。評判以上でした」

これは板さんに、それからこれはみなさんで——と、伊坂屋は仲居に祝儀を渡し、福々しい笑みを浮かべて言った。

「板さんにひと言お礼を言いたい。ちょいと顔を見せてもらえませんでしょうかね」

仲居が「ありがとうございます」と伊坂屋に言って下がり、ほどなく、白粉こってりに鉄漿の女将と瘦せた背の高い男が座敷へ挨拶にきた。

「これはこれは、霊岸島銀町の伊坂屋さんの旦那さまでございましたか。本日はお暑い中、遠路はるばるのおこし、ありがとうございます。また沢山のご祝儀を、板前のみならず店の者にもいただき、お心遣い、お礼を申し上げます。わたくし、当五木屋の女将を務めさせていただいております栗と申します。これは五木屋の調理場を任せております権三でございます」

女将のお栗が言い、板前の権三がお栗に倣って手をついた。

「てまえ、調理場を預かります権三でございます。本日は沢山のご祝儀をありがとうございました」

「おお、あんたが板さんか。こちらこそ、美味しい料理をありがとう。お客さまをご案内した甲斐があったというものです」

「美味しゅうござった。さすが江戸だ。優れた料理人がおりますな」

「まったく、感服仕りました」

伊坂屋と二人の侍が、それぞれ言い交わした。

「女将さんもこれほどの料理人をよくお雇いになられたものです。大したものだ。最後に出ました鯛のご飯には驚きました。わたしはお酒をいただいたあとのご飯物は、普段は控えめにするのですが、今日は全部いただいてしまいました。板さん、あれはなんと言うご飯物なんですか」

「畏れ入ります。鯛の香物鮨と申します昔からある古い料理でございます。それをわたくしなりに少々手を加えて出させていただいております」

　権三が背を縮めて応えた。

「そう言われれば鮨味でしたね。だから満腹していても新鮮でした。どのように拵えるのですか。ちょっとだけでも秘伝を聞かせていただけませんか」

「秘伝と言えるほどむつかしい料理ではございません。鮨用に米を少々硬めに炊いておきます。その間に鯛の刺身を昔は塩でしたが、わたしは酒と砂糖を少し加えた薄口の下り醤油に浸し、沢庵をわずかな歯応えが残る程度に薄くきりそろえておきます。炊き上がったご飯を酢と塩、これにも砂糖を少々加えて酢飯にし、ご飯の上に鯛と沢庵を乗せ、ねぎ、お好みの薬味でいただく、それだけでございます」

「なるほど。ただ並べられた料理をいただくのと、手がこんでいなくても、手順やら段どりをうかがって味わうのとでは、また違った風味が感ぜられますな。ふむふむ」

　伊坂屋は伏し目がちな権三から目を放さなかった。

「権三さんはいい身体をしておられる。もしかしたら、元はお侍か」

　黒目がちな鋭い眼光の侍がいきなり言った。

「お侍などと、滅相もございません」

権三は手に握った手拭で額をぬぐった。

「旅から旅を続けておりましたしがない料理人の倅でございます。一流料亭の一流の板前はいざ知らず、わたしらのようなそんじょそこらの板前は、俎板の前だけでは仕事がすみません。仕入れや何やかやと力仕事もあり、いつの間にかこのような無骨な身体つきになってしまいました」

「権三さんは決して無骨な身体つきではない。均整のとれたむしろ優美と言っていい身体をしておられる。そのような身体になるには、よほどの鍛錬が必要でござろう。背丈はいかほど」

「お恥ずかしい次第です。五尺八寸ほどでございましょうか」

権三はいっそう肩をすぼめた。

「おお、それは立派な。わたしは五尺七寸ほどだ。羨ましい。わたしは国元で剣術の道場を開いておるが、わが門弟に権三さんほど鍛え上げた身体の者はいない。きっと権三さんのご先祖は侍なのだろう」

「いえいえ、わたしどものご先祖さまは西国の百姓でございます。この身体つきはたまたまでございます。ところでお侍さまのお国はどちらでございますか」

権三は話をそらした。

「それがしか……」

眼光の鋭い侍はかすかな笑みを浮かべた。

「それがしは、仙台で町道場を開いておる。流派は心慣流でござる」

「仙台で心慣流の道場でございますか。それは凄い」

「心慣流をご存じか」

「相すみません。何も知らずに申しております。ただ、板場の修業の折り、親父が言っておりました。包丁を使うのも刀を使うのも心がまえは同じだ。そう心がけて励めとです。だもんでございますから、お強そうなお侍さまのお話をうかがいますと、何か料理の役にたつのではないかと思い、つい。ご無礼をお許しください」

「権三さんなら、すぐれた剣術使いになれるとも」

「権三さんは西国と言われたが、西国の訛がありませんな」

もうひとりの、これはのっぺりとした顔だちの侍が言った。

「十六のときに親父が亡くなり、それから江戸へ下ってまいり、もう十年以上がたちますもので。未熟者ですが、こちらの女将さんに拾っていただきました」

「権三、そろそろ。お客さまのお邪魔になりますのでね」

女将が話をきり上げて権三を促した。

「まだ水菓子が残ってございます。どうぞごゆっくりお召し上がりくださいませ」

女将と板前が座敷を辞した。

涼風に軒下の風鈴が心地よさげな音を奏でた。

一刻後、昌平橋の河岸場に係留した屋根船の、周囲を日除けに廻らした簾を払ってやくざ風袋に髷や着流しを拵えた男が二人現れた。

二人は河岸場の歩みの板へ上がり、神田明神下の方角へ雪駄を鳴らしていった。

簾ごしに二人のやくざ風袋が河岸場から消えていくのを見送った屋根船の中の、伊坂屋主人・蝶三郎、来栖兵庫、原大二郎の三人は、ゆるやかに河岸場を離れる船に身を任せ、酔眼をうっとりと神田川の両岸へ流していた。

船頭の操る櫓がのどかに軋み、両岸に河岸場が続く川中を船はすべっていく。

「これで概ね、根津界隈のことはわかった。五木屋の様子もほぼ飲みこめた。これからの手だては二人の報告を待って講じよう。伊坂屋さん、世話になった」

ゆるやかにすべる船は涼風を送ってきたが、来栖は鉄扇で胸元をあおいでいた。

蝶三郎は銀煙管に煙草盆の火をつけ、

「いいえ。みなさまのお役に、ぷふ……」

と言いかけて、煙を吹いた。

「少しはたちましたでしょうか」

芝居絵を描いた船の団扇を使っている原が、蝶三郎へ横目を流した。

「大いに役だった。酒も料理もうまかったし。なあ来栖」

来栖と原は、ともに四十七歳の眼差しを交わし合った。

「あの白粉こってりの少々気味の悪い女将が、お杉に違いございませんね」

「違いない」

蝶三郎に原が応じた。

「お杉が深川で人買をやっていて、浮浪児だった乱之介を拾って御小人目付の斎権兵衛に売り払った、と」

「そうだ。それから、雪隠へいった戻りに廊下を間違えたふりをして調理場をのぞいたら、見るからに大男と童顔の男が、女将に叱られながら働いていた。大男は鯨捕りの惣吉だとすぐにわかる」

「ああ、安房勝山の元鯨捕りの惣吉でございますか。惣吉は鯨捕りの兄弟子に大怪我を負わせ勝山から江戸へ逃げて、食いつめた挙句、追剥ぎを働き小伝馬町の牢屋敷へ入れられた。米河岸一揆で捕まった乱之介が、ちょうど同じころ、牢屋敷へ入れられたそうでございますね。牢屋敷で、気心が通じ合うたのでしょうか」

「花田屋が調べたところでは、乱之介は牢名主と牢内役人が痛めつけようとするのをたちまち打ち倒したそうだ。乱之介に牢内で唯一加勢をしたのが惣吉だったらしい」

「ほお、牢名主と牢内役人を乱之介が……」

「調理場を探っていたら、支配人役とかいう色黒の反っ歯の男が内証から出てきて、廊下を間違えたおれを二階の階段まで案内してくれたのだがな。おそらくそいつが代助で、大男の惣吉と一緒にいた童顔が、代助の弟の羊太だろう」

「乱之介の浮浪児仲間でございますね」

「深川の永代寺という寺の床下で、いっとき、乱之介は代助羊太兄弟と三人で暮らしていた。浮浪児が、死なずに生きのびていたと言うべきなのだがな。代助羊太の素性は、花田屋にもさっぱりわからなかったようだ。わかったとて、どうせいき倒れかそこらの子だろうが」

原が団扇を盛んに使いつつ言った。

来栖は話に加わらず、鉄扇であおいで蝶三郎と原の話を聞いている。

「仲居役のあの美しい女が、三和でございましょうな」

「さよう。寺坂正軒とかいう儒学者の娘らしい。寺坂は、なんでも御目付の鳥居耀蔵の恨みを買って、御目付の手の者に殺されたという噂があるらしい」

「鳥居さまの噂はわたしども町家の者にも、伝わってまいります」

蝶三郎が煙管の二服めを吹かし、原へ意味ありげな面差しを向けた。

「しかし、御目付さまともあろうお方が、幾ら恨みがあったからとて、そのような無法なことをなさいますでしょうか」

「鳥居耀蔵は、公儀官学の朱子学の総元締を務める林家の血筋だ。朱子学以外の学問を憎悪しておると聞いた。寺坂は同じ儒学でも陽明学の私塾を開いていた。朱子学批判も厳しかったらしい。それで鳥居の恨みを買い、誅殺された。娘の三和は父親の敵の鳥居の命を狙い、追われる身となったのだ。それが、どういう経緯で乱之介の一味になったのかは知らぬが……」

「乱之介も、育ての親の斎権兵衛の敵として、鳥居さまのお命を狙っておるのでございましょう」

蝶三郎が煙管に新しく刻みを詰め、煙草盆の火種をつけた。そして、

「あの権三とか言います料理人は、いかがでございましたか」

と、端坐してすっとのびた姿勢のまま鉄扇をそよがせている来栖へ向いた。

来栖は、じっと前を見つめて「はん」と咳払いをした。

「あの権三という料理人が乱之介なら、相当手ごわい相手と見ねばならん。ただの料

理人ではない。あの男は間違いなく使い手だ。それがわかった」

物静かな横顔を原へ見せていた。

「どんな使い手でも、来栖に敵う者はいない。そうだろう」

「そう思うか」

「思うとも。おぬしの剣に敵う者など……」

「負けはせぬ。どんな相手だろうと、必ず倒す。これまでそうしてきたし、これからもそうだ。それがわれら雷電組の存在の証だからな」

来栖は鉄扇の手を止めず、言った。

「みな倒す。殲滅する」

そういいながら、だがいつになく来栖の横顔が物思わしげだった。

一方、神田明神下から茅町に出て、不忍池の土手道を二丁目へとったやくざ風袋の二人は、無縁坂をくだってくる二人連れに気づき、物陰に身を隠した。

「あの男がそうだな」

ひとりが言った。

「そうだ。料理人の権三と仲居をしていた若い女だ」

今ひとりが、一丁目と二丁目の境の辻へさりげない目を送っている。

「いいところで、いき合うたではないか。あの男、どれほどの者か、試しに粉をかけてみるか」

「よかろう。来栖さんに面白い報告ができるかもしれぬ」

二人は目配せを交わした。

四

乱之介と三和は、本郷三丁目の陶器屋へ、新しい皿や鉢を買い求めに出かけた戻りだった。

五木屋を始めるにあたり、予期していた以上の評判を呼んで店が繁盛し、また乱之介が出す料理の数も増えたため、新たに皿や鉢などが必要になった。

根津門前町の五木屋へ届ける手配を頼み、二人は陶器屋を出て、加賀屋敷の土塀がつらなり蟬の鳴き声が降る道から無縁坂をくだった。

「お三和、仲居の仕事が板についてきたぞ」

乱之介は後ろの三和へ声をかけた。

三和が微笑んだ。

「初めは少し恥ずかしかったけれど。でも、お杉さんの手ほどきでだんだん慣れて、今はお客さんが沢山きてくれて、忙しいのが楽しくなったわ。働いている成果が日に見える仕事がこんなに面白いとは知らなかった」

「わたしもお三和が楽しそうに働いている姿を見ると、愉快になる」

三和は乱之介へ嬉しそうに笑いかけた。

「前にも言ったが、旅暮らしをしていたお三和は、気をいつも張りつめてひどく無理をしているみたいに見えた。だが、今の仕事をしているお三和は、前よりもほがらかで綺麗になったよ」

「同じよ。旅暮らしは旅暮らしで、楽しいわ」

「父上の寺坂さんが仲居をしているお三和を見たら、どう言うだろう」

「父が生きていたら、おのれの心の声に従って生きよ、と言うでしょう」

「そうだな。おれの父の斎権兵衛も、そう言うだろう」

茅町の横町を不忍池の畔まで抜けると、葭簀をたてかけ、道端に緋毛氈を敷いた長腰掛を並べ、香煎の湯や茶や団子を出す店が何軒か開いていた。

「三和、少し休んでいこう」

「ええ」

二人は一軒の茶屋の軒先をくぐった。葭簀の陰の長腰掛にかけ、

「いらっしゃいませ。ご注文をおうかがいいたします」

と、小走りに出てきた赤襷に赤い前垂れの小女に香煎湯を頼んだ。

土手道に並ぶ柳が、池面を渡る午後のそよ風にゆれていた。

風に枝がそよぐ柳の先には、蓮の葉の中に浮かぶ弁天堂が見渡せる。

弁天堂の朱塗りの色が、日差しの下で鮮やかだった。

上野の山の青々とした木々の間に寛永寺の甍も望まれた。

小女が香煎湯を運んできて、緋毛氈の上に「ごゆっくり」と、湯飲みをおいていく。

湯の香りが二人の間にたちこめた。

香煎湯を喫している二人の前の土手道を、辻駕籠が通りすぎ、饅頭笠に墨染の衣の托鉢僧の一団、逢い引きと思われる男女、両天秤棒の南瓜売りがゆき交った。

乱之介は香煎湯を含んだ。

「おれは十六のときから、鳥居耀蔵を父の敵、いつか敵を討つと誓って生きてきた。おれの心の中に、わが父の敵・鳥居耀蔵を討つ、という声を聞かぬ日はない。おれはその声に従ってこれからも生きる。お三和はおれと似た境遇を持ち、鳥居耀蔵を父親

の敵と追っている。おれたちは縁あって仲間になった。おれは今、お三和の姿におれ自身の姿を見ている。だからかもしれぬ。近ごろ思うのだ……」

三和が小さく首をかしげた。

「誤解をせぬように聞いてくれ。お三和は心が弱いのではない。だが、おまえの心に憎しみや恨みは似合わない。お三和はおれにはなれない。なぜならおまえは、おれより心が優しい。だからおれは、お三和にはなれない」

乱之介をじっと見つめる三和の目が潤んだ。

「おまえがおれたちといる限り、人と闘い、人を斬り、人を倒すことになるだろう。そうしていつか、自分の倒されるときがくるだろう。おれは憎しみと恨みの修羅の道を選んだ。憎しみと恨みがおれの心を支えている。お三和は自分を、父親の敵を討つ一念で支えている。だがお三和、おまえは本当におのれの声に従って生きているか」

乱之介は三和へ向き、童子のような笑みを投げた。

「乱さん……」

三和が言いかけ、言葉が続かなかった。

「前から言おうと思っていた。お杉さんと一緒に江戸を離れ、上方か、あるいはもっと西へか、人知れぬ国へいって、お三和の心の声に従って生きる道を探してみぬか。

おまえは若い。幾らでもやり直せるし、お杉さんはおまえの力になってくれる。お杉さんはお三和を、娘のように思い始めている。おれは、おれを産んでくれたのはお杉さんだと思っている」

「そんなこと。わたしは父の敵を……」

「おれは父の敵を討てるかもしれぬし、討てぬかもしれぬ。だが、そんなことはどうでもいいのではないか。鳥居耀蔵などとるに足らぬ。お三和の心の澄んだ優しさに較べればな。おれはこのごろ、そう思えてならぬ。何を今さら、と言われるかもしれぬが」

　三和の潤んだ目から、ひと筋の涙が伝(つた)った。

　それを隠すように、池面へ戸惑いの朱に染まった顔をそむけた。

「考えていることがある。お三和に相応(ふさわ)しい道のことだ」

「いやです」

　三和が小さく言ったときだった。

「おう、おめえら、昼間っからずいぶん見せつけてくれるじゃねえか。こんな人目のある往来の前でよ。池の鯉(こい)が呆れているぜ」

　着流しの前身ごろをたぐった男が、荒々しい仕種で軒先にたてかけた葭簀を払った。

男の後ろにもうひとり、爪楊枝を咥えた男がいかにも酔っ払いという素ぶりで、肩をゆすって薄笑いをしていた。

「おめえら、人前で気分を盛り上げ、これから出合茶屋で乳繰ろうってえのかい」

男は腰をふって見せ、後ろの男としゃがれ声で笑った。

「おい、娘っ子、なかなかの別嬪じゃねえか。お父っつあんとおっ母さんは知っているのかい。おめえがこんなところで男と逢い引きしているのをよ」

「ようようよう……」

男が軒先にたてかけた葭簀を巻きとり出し、

「どうせならこそこそ隠れてねえで、お天とさまの下で堂々とじゃれ合ったらいいじゃねえか。ようよう」

と、草履で土を蹴って乱之介の足先へかけた。

「そうだそうだ。堂々とやって見せろや、おめえら」

もうひとりが二人がかけた長腰掛を、強く蹴った。

「あっ」

と、三和が小さく声をもらした。

通りかかりが、若い男と女がやくざに絡まれているのに気づいて足を止めた。

年配の亭主が店の中から男らに言った。

「兄さん方、お客さんをからかうのはやめてください」

男らがにやにやと笑った。

「おめえは、引っこんでな。こいつらに用があるだけだからよ。人前でべたべたしやがって。ええ、ちょいと躾けてやろうと思ってよ。なあ、おめえらよう」

「あんたら、江戸者じゃないな。江戸の者にしては少々言葉に訛がある」

乱之介が男らに言った。

「なんだと、この野郎」

男が長腰掛に草履のまま片足を乱暴に乗せた。

腰掛がゆれ、香煎湯の湯飲みが倒れた。

赤襷の小女が店から走り出てきて声を張り上げた。

「あんたら、うちのお客さんになんの用なの」

「小娘は引っこんでな」

爪楊枝の男が小女のつぶし島田を小突いた。

小女は「きゃっ」とひと声叫んで、店の中へ逃げこんだ。

「足をどけろ」

乱之介が長腰掛の男の足を払った。

「野郎、やる気かっ」

足を払われた男が身体を沈め、身がまえた。

かざした両腕が鍛えられ、太く筋張っていた。

いかにも腕力に自信があるのだろう。

立ち上がった乱之介に、いきなり拳を浴びせてきた。

乱之介はそれを首をかしげて肩先すれすれにはずした。

男の拳が肩先をすべり前のめりに身体が浮くと、踏み出した男の腕を即座に下から巻きとった。

男が片方の拳を顔面へ浴びせてくるのを、巻きとった腕を引き廻しつつ身体を畳んでよけ、一方の拳を男の顎(あご)を削ぎとるように喰らわせた。

「あうっ」

顎が鳴って、男は首を左右にゆらした。

唇を歪めて片膝を落としかけたところへ、さらに腕をひねり廻した。

男は堪(こら)えきれず、たてかけた葭簀にからみついたまま横転した。

葭簀が土手道に砂埃(すなぼこり)を巻き上げて倒れた。

後ろの男が爪楊枝を吐き捨て、これもやくざとは思えぬ身がまえになった。

身体が勝手に動いて、身がまえた男が動くより先に顔面へ掌底を浴びせた。

眉間が鳴り顔面を後ろへ仰け反らせたが、男は即座になおり、拳の反撃が飛んできた。

拳を手で払い、突きかえした拳で男の鼻柱を削いだ。

それでも男は怯まず、二打目を激しくふり廻した。

それを上体を翻して空を打たせ、空を打ってわずかに身体が泳いだ男のわきをすり抜けた。

「おお？」

男の反応が遅れた。

乱之介は背後へ廻りこんで後ろをとり、男の首筋へ腕を巻きつけた。

その男も骨太な筋張った身体に鍛えられていた。

ただのやくざではなかった。

男は暴れ、肘打ちをわき腹へ的確に見舞い、踵で足を踏みつけた。

一寸五分ほど背の低い男の首を、巻きつけた腕で締め上げた。

腕に容赦なく力をこめ男を後ろへ後ろへと引きずると、

「ふぐっ」

と、男がうめいた。

白目を剝き、力が急速に萎えていくのと、葭簀を倒して横転した男が起き上がるのが同時だった。

「ふむ……」

無言で突進してくる男へ、腕の中の白目を剝いた男を突き飛ばした。

束の間、二人がもつれた隙に、乱之介は踏みこんで、突進してくる男の顎へ拳を突き上げた。

男は天を仰ぎ、手を泳がせながらよろけて数歩後退し、踏み止まった。

男の唇から血がしたたり、折れた白い歯が玉のようにこぼれるのが見えた。

だが一瞬踏み止まった身体が、ぐにゃりとよじれて、不忍池へよろめいていくのを堪えることはできなかった。

男は困惑した声を残して、そのまま池へ転落していった。

首を絞められ気が遠くなった男は、路上に無気力な様子で坐りこみ、それを見ていたが、やがて前のめりに倒れて動かなくなった。

わずかな間で、野次馬が集まる間もなかった。

乱闘に気づいたのは通りがかりの数名と、茶屋の亭主と小女、両隣の店の者らばかりだった。小女が店先で乱之介へ、感心して手を叩いた。

三和が道に倒れた男の様子をのぞいた。

「大丈夫。気を失っているだけです」

「亭主、竿竹はないか。落ちた男が溺れそうだ」

と、堤の水草につかまり、今にも沈みそうな男を指差した。

五

甘粕克衛が小伝馬町牢屋敷の表門をくぐったのは、その同じ刻限だった。

孝康の命で、御小人目付・森安郷が克衛に従っていた。

話は通じているらしく、表門から改番所のある埋門、改番所より張番所へと、すぐに通された。

森は顔見知りの張番所の当番同心や下男に「よろしくな」と礼を投げた。

御小人目付には牢屋敷を見廻る役目もある。

「ご隠居さま、ここからは張番が案内します。わたくしはここにおります。何かあれば声をかけてくださいませ」

「すまんな。世話になる」

克衛は森へ頷き、張番に従い鞘土間を東奥揚屋の前へ導かれた。

四寸角の角材を三寸おきに組んだ縦格子の薄暗い内鞘の中は、琉球畳が敷かれた十五畳ほどの広さで、幾つかの人影がうずくまっていた。

風通しは悪くはなかったが、鞘土間は少々蒸した。

「白木民助、こちらへ」

張番が東奥揚屋の格子ごしに声をかけた。

「はっ」

影のひとつが応え、畳をすべって格子のそばへ歩み寄ってきた。

「白木」

克衛は格子の前へ跪いた。

「おお、甘粕さん。きていただけましたか。れ、礼を申します」

白木が格子にすがって声を忍ばせ、克衛へ頭を垂れた。

「くるとも。具合はどうだ」

「大丈夫です。ご心配をおかけいたします」

白木の一文字髷に結った総髪は白髪が目だち、ほつれた白髪やこけた頬の無精髭がうらぶれ、やつれて見えた。

「昨日、左内坂の屋敷に顔を出してきた。家の方々はみな変わりはない。お内儀より届物を預かってきたぞ。張番から渡されるのでな」

「かたじけない」

　克衛は白木の息災をあれこれと確かめた。

　その間に張番は鞘土間の入り口へ下がり、二人が話し易いように計らった。

　張番が離れてから、克衛は声をいっそう落として言った。

「それから書物は確かに預かった。おぬしがとき放たれるまで、安全な場所に保管しておく。心配はいらぬぞ」

「甘粕さん、わたしはもう無理だ。このたびのとり締まりでは、鳥居さまは幕政批判の廉でわれら蘭学の徒を厳罰に処する気らしい。死罪か、死罪をまぬがれたとしても永牢は間違いありません」

　永牢とは終身牢である。

「そうとは限らん。御公儀の中にも鳥居らのやり方に異議を唱える者はいる。わたしもできる限りの手は打っている。望みはある」

「いえ。わたしのことより、あの書物をわが命に代えて守らねばならないのです。本来、あの書物はわが弟子に預けるべきですが、わが弟子もいつ捕縛されるかわかりません。そうなれば、書物を守れなくなる。ご迷惑をおかけするかもしれないのに、あなたにお預けするしかなかった。許してください」

白木は格子の中で畳に手をついた。

「わたしのことはよい。手を上げよ、白木。それより、わたしにできることがあるのだろう。何をすればいい。それを申せ」

深く頷いた白木は、わずかに潤んだ目を克衛へ向けた。

「あの書物の持主は、長崎のおらんだ商館のリンドンというカピタン（館長）です。長崎に遊学した若きころ、リンドンもまだ若いカピタンでしたが、親しく交わりを持ち、西洋の教えを様々に受けました。その中で、西洋に『コントラソシアル（民約論）』という書物があることを教えられたのです」

「こんとら、そしある？」

克衛は繰りかえした。

「はい。民と御公儀の結ぶご政道の約束について記した書物です」

「民と御公儀の結ぶご政道の約束？　もう少しわかるように話してくれぬか」

克衛は言った。

白木民助は克衛より五歳下の、市ヶ谷左内坂上で私塾を開く蘭学者である。

市ヶ谷田町で町家の子供を相手に手習所を開いていた浪人の倅で、童子のころより神童の評判が聞こえ、十歳のときから湯島の昌平黌で朱子学を学び始めた。

克衛と白木は、昌平黌においてともに学んだとき以来、親交を結んだ仲だった。

白木はその後、朱子学を辞めて蘭学を志し長崎へ遊学し、克衛は公儀御目付役としての役目に就いて、二人は別々の道を歩んだ。

それからおよそ四十年の歳月がすぎ去った今、二人の親交は若き日と変わらず続いていた。

白木は人づき合いを好まぬ、読書人風の蘭学者だった。

親しく交わっているのは、公儀御目付から隠居の身に退いた克衛くらいだった。

それゆえにか、天保四年に結成された尚歯会には加わらなかった。

白木の私塾の門弟の中に、むしろ尚歯会に名を連ねている者がいるくらいだった。

克衛は蘭学者のとり締まり、特にこの五月に始まった尚歯会を中心にした蘭学者の一斉とり締まりが気にはなっていた。

だが白木が捕縛されることはおそらくあるまいと思っていた。それが迂闊だった。

白木が頷き、言った。

「リンドンはおらんだ屋敷の任務をとかれ、本国おらんだに帰っていたのですが、五年前、副館長として再び長崎出島に赴任してきたのです。そのとき、わたしのためにコントラソシアルを本国から持ってきてくれました。そして、わたしが望むなら、その書物を貸してもよいと、文を寄こしてくれたのです」

白木の苦渋にまみれた顔に、わずかな歓喜の色が浮かんだ。

「言葉がわからないのは承知でした。ですがわたしは、なんとしてもコントラソシアルを読みとき、わが国の言葉になおし、書物にしたいと思ったのです。リンドンは快くわたしの願いを聞き入れてくれました。四年半前、長崎のリンドンよりあの書物が届いたときの天にものぼる気持ちが忘れられません。読めもせぬのに手に触れているだけで、胸がときめきました」

克衛に白木の胸のときめきが聞こえる気がした。

「あの書物はフランスという国の言葉で書かれた書物なのです。わたしは乏しいわがおらんだ語の知識と、意味のわからぬ言葉を書き連ねた文を長崎のリンドンへ送り、リンドンが通詞の助けを得てその言葉をわが国の言葉になおして送りかえしてくるという、まどろっこしくともそうするしかない手だてを繰りかえし、少しずつ読み進めてきたのです。恥ずかしながら浅学の身、あれから早や四年と半年がすぎ……」

　白木は束の間、言葉につまった。それから、

「未だ半ばにもいたりません。近ごろは、わたしに残された命のときと、あの書物を読み終えるのにかかるときが、競い合っているような気さえしておりました」

と言って、自嘲の笑みをこぼした。

「けれど、甘粕さん、たとえわずかな歩みでも、あの書物にこめられた言葉の偉大さに触れて、わたしは泣きました。わたしにはあの書物を読めることが喜びです。歓喜です。あの書物の言葉をわが国の言葉になおし、多くの人々に伝える使命を果たすことができれば、それ以上の望み、それ以上の享楽はわたしにはありません」

「民と御公儀の結ぶ約束とは、何を言うのだ」

「国の形のことです。この世に生きとし生きるすべての民に身分の区別はなく、身分の区別なき民の合意に基づき契りと約束を交わした御公儀を民自らが形成し、そのご公儀が民の斉しく生きるこの世を治めるという考えに基づいた国の形です」

　白木の言葉の意味が、克衛には理解できなかった。

　ただあの書物には、とても重要なことが書かれてあるらしいとは感じとれた。

「甘粕さん、わたしは貧しい手習師匠の子に生まれました。勉学に励み、学問で身を

たてたいと望みました。だが、所詮は町の手習師匠の子が進むことのできる道は限られていました。侍は侍に、百姓は百姓に、民は民に、貧しい者は貧しい者に、というこの世は何かが違っている気がしてならなかった」

と、白木は言った。

「朱子学は、何が違うのかを教えてはくれなかった。わたしが蘭学を志したのは、何かが違っているのならその答えを見つけたかったからです。わたしは未熟者です。あの書物をわが国の言葉になおすことは、わたしの残されたときを捧げる使命だと思ったのです。未熟な蘭学の徒のわたしが最後に与えられた、天の使命だと」

「ならば生きのびて、天の使命を果たせ」

「残念ですが、わたしのときはつきました。これが定めなら悔いはありません。けれども甘粕さん、あの書物はわたしの命よりも重要なのです。わたしの命など、あの書物の言葉の偉大さに較べればとるに足りません。あの書物がご公儀の手に渡れば、間違いなく焼き捨てられてしまいます。そんなことはあってはならないのです。そんな重要な書物をリンドンより借りました。リンドンにかえさなければなりません」

白木は牢格子にすがり、目を瞠（みひら）いた。

「なんとしても無事、リンドンにかえさなければなりません。こんなことを甘粕さんにお願いするのが筋違いであるのは、重々承知しております。そのうえでなお、甘粕さんにお願い申したいのです。甘粕さんの手で、あの書物をリンドンへかえしていただきたいのです。何とぞお願い申します」

白木はそう言って、再び畳に手をつき深々と頭を垂れた。

「リンドンというカピタンは、おらんだ屋敷にいるのだな」

克衛は、いっそう声を落として言った。

「今はまだおります。ですが、年が明ければ、任務を終え本国おらんだへ戻ることになっていると、聞いております」

白木が少し頭をもたげて応えた。

「わかった。どういう手だてがとれるか今は言えぬが、あの書物をリンドンへかえすため、手をつくすぞ。白木、引き受けたぞ」

「よかった。ありがとうございます。これで心おきなく……」

白木はそれ以上言わず、頭も上げなかった。

東大牢の中で蠢く囚人の姿が見えた。

克衛は東大牢より白木のいる東奥揚屋の囚人へ、さらに鞘土間出入り口の張番をさり気なく見廻した。

すると、その出入り口の戸がいきなり開いて、牢屋敷の同心が克衛へ訝しげな眼差しを投げて寄こした。

六

翌日、御目付・甘粕孝康は江戸城玄関式台に出迎えた徒目付の頭より、

「鳥居さまが御目付部屋にてお待ちでございます」

と告げられた。

「ふむ」

孝康は頷きながら、きたか、と思った。

玄関式台を上がり、腰の刀を脱して当番の徒目付に預けた。

徒目付当番所を背にして幅二間半の御廊下を静かに歩んだ。御書院番詰所の虎之間、御小姓組詰所の紅葉之間をすぎ、御目付部屋入り口にいたる。

内へ入ると、鳥居耀蔵とすぐに目が合った。

孝康は鳥居ほか御目付衆に一礼し、自らの席に一度坐して黒裃の身形を改めた。

御目付衆は不時の招問を受け将軍の座に出る場合があり、縞類や紋様のある裃を着

すことはない。ゆえに、みな黒や濃い紺地の質素を旨とした裃である。

当番の御目付は必ず黒紋付でなければならなかった。

孝康は鳥居の前へ進み、改めて礼をした。

同じ十人目付だが、鳥居耀蔵はこの年四十四歳、二十九歳の孝康の上席になる。家格においても、鳥居家は甘粕家の上である。

「お呼びと、うかがいました」

鳥居は黒裃の下のでっぷりと肉づきのいい体軀を、歪（いびつ）に丸めて坐していた。

浅黒い顔色に鼻は丸く大きく、二重顎に部厚い唇が不機嫌そうに尖（とが）っていた。

鼻の上のきれ長の目で、孝康をぎょろりと睨（にら）みつけた。

「うう、あちらへ」

ひと声うめいて、肉厚な瞼（まぶた）をしばたたかせた。

鳥居が先に立ち、隣の御次之間へ移った。

紅葉之間御掾（ごえん）へ向いた白い腰障子を背に孝康は着座し、鳥居と二人で向き合った。

鳥居は白い尺扇を抜いて膝を小刻みに叩き、目は孝康と合わさずわきへ遊ばせた。

勿体（もったい）をつけた鳥居のよく見せる仕種である。

「鳥居さま、ご用をどうぞ」

先に言葉をかけないと鳥居は不機嫌になる。御老中の水野越前守に日ごろ散々へりくだっているせいか、下へは何かと横柄な男である。

「甘粕どの、ご尊父は息災か」

低い声を粘っこく響かせた。

いきなりそうくるか、と孝康は唇をやわらかくゆるませた。

「ありがたいことに、息災でおります」

「それはよかった。お幾つになられた」

「今年、六十四に相なります」

「甘粕どのは二十九であったな。するとご尊父が三十六の折りのお生まれか。姉君がおられたな」

「はい。七つ上に。すでに嫁いでおります」

「年が離れ、ようやく生まれたご長男か。ご尊父も有能な倅を得て、さぞかしご自慢に思っておられるのであろう」

「至らぬ身です。縮尻はしておらぬかと、何かと気をもんでおりましょう」

「そんなことはあるまい。ご尊父は若きころより有能で知られ、二十三歳の若さにして御目付役に抜擢されたと聞いておる。ところが甘粕どのはご尊父よりさらに早く、二十二歳で御目付役に就かれた。鳶が鷹ではなく、有能な鷹がさらに有能な鷹を生んだ。羨ましい親子でござる」

　孝康は面映さを笑みで隠した。

「ただ、人は有能すぎるのも少々考えものだ。有能すぎるのはおのれを頼む心が強く、独りよがりな傲慢さを生み、周りの声に耳を貸さず、協調する謙虚さをないがしろにし、先走り、存外に不手際なふる舞いが往々にしてある」

　鳥居は尺扇を膝へ突き、指にも毛が生えたむっちりとした手を乗せた。

「甘粕どのに皮肉を言うておるのではない。有能な甘粕どのにそういうことがなきようにと、心から心配しておるのだ」

「畏れ入ります」

「だがあ……」

　鳥居は口を作り物のように開き、があ、の音を殊さらにのばした。

「どうもご尊父はそこら辺の気遣いに無頓着というか、おできにならないというか、周りへの気配りに欠けておられるようでござるな」

　鳥居のいやみが始まった。

「昨日、ご尊父・克衛どのが牢屋敷に収監されておる白木民助なる不逞の浪人者を訪ねられたそうでござるな。むろん、甘粕どのはご存じであろう?」

「はい。存じております」

「甘粕どのが克衛どののために手を廻された、と聞いておる。白木と言えば、埒もない蘭学にたぶらかされ、弟子などを集めて学者面をした輩だ。卑しき身でご政道批判などほざきおって、ああいう国賊は排除するしかあるまい。そう思わぬか、甘粕どのは」

　孝康は応えなかった。

　鳥居は身体をいっそう丸め、下から孝康を睨み上げた。

「そんな輩に、元御目付ともあろう克衛どのが、なんの用があって面談なされた。しかも町方が罪科の詮議をしておる最中にだ。甘粕どのは、どう言う料簡でそれをご承知なさったのか。それがしには合点がいかんのだ」

「白木さまはわが父と共に、昌平黌において朱子学を学ばれた古き友です。いかなる嫌疑がかかっているにせよ、古き友が牢屋敷に収監されたのです。侍なら、友を気遣うのはいたし方ないことと、考えております」

「甘いなあ」

　鳥居が孝康をなじるように声に怒りを含ませた。

「白木は国賊ですぞ。国賊。わかっておられるのか。克衛どのは白木と面談して何を話された。しかもひそひそと。甘粕どのは御目付役として、克衛どのに白木と何を話したか、しかと確かめられたのか」

「いえ。父からは聞いておりません」

「甘いなあ。甘い。甘いぞ、甘粕どの」

　鳥居が声を張り上げ、尺扇を膝に叩きつけた。

　癇性（かんしょう）な気質で、とき折り、急に激しく激昂する。

　孝康は黙っていた。

　腰障子の外の御掾を、すり足で人のゆき交う気配がしている。

「そんな甘さでは、先が思いやられるなあ。ああ、はん」

　鳥居がいがらっぽい咳払いをした。

「おのれを有能と思いこんでおる者は、おのれへの評価が甘い。鼻持ちならぬ」

　と、顎のたるんだ顔を不機嫌そうに歪めた。

「よろしいか、甘粕どの。御老中の水野さまも甘粕どののことを気にかけておられ、甘粕どのに御目付役は少々荷が重すぎるのではないかと仰っておられる。もう少し気楽に勤められるお役目がいいのではないかとだ。わたしは懸念を覚えつつ、若い者の粗忽なふる舞いはいたし方なく、長い目で見ていただきたいと、水野さまにようやくとりなしておるのだ」

「おとりなし、痛み入ります」

「だが甘粕どの、わたしのとりなしにも限りがある。大人になられよ。周りがどう見ておるか、気を配られることだ。御目付役は上さまのご招問にもお応えせねばならぬ重職なのです。当然、おのれのみならず、家人の常日ごろのふる舞いとて、主のお役目に見合うたしなみがなければならぬ。違いますか？」

「まことに」

「克衛どのに釘を刺しておかれることだ。お上を甘く見ておると、名門甘粕家にどんな禍がふりかかるかわかりませんぞ、とな」

「お上を甘く見るなどと、滅相もございません。鳥居さまの御忠告、肝に銘じます」

襖ひとつ隔てた御目付部屋からは物音ひとつ聞こえなかった。

孝康は短い間をおいて、やおら言った。

「では、念のため、父に確かめておきます」

「念のため？　なぜ念のためなのだ」

孝康は穏やかな表情を崩さなかった。

「侍は侍らしくふる舞え、とわが父は常日ごろ申しております。牢屋敷に白木さまを訪ねたことが侍のふる舞いに悖ると疑われますのは、父も心外でありましょう。三河よりお上にお仕えするわが甘粕家、お上への忠心はいささかもゆるぎませぬが、念のため父の言い分を聞き、至らぬところがあれば正す所存です。ゆえに念のためと申しました」

鳥居は孝康のさらりとした物言いに、不満げだった。

気まずい沈黙が流れたが、まだ何か言い足りない様子を見せた。

あはん、とわざとらしい咳払いをした。

「天保……世直党の一味の探索は、進んでおられるか」

と、話を転じた。

「この一月、新発田の蘭医・松井万庵護送の町方を小塚原において急襲した一件、その後の向島での鳥居さまのお命を狙った一件、それ以降、世直党は姿をくらまし、ただ今はその潜伏先を追っております」

「一味の潜伏先は江戸か。それとも江戸を出たのか」

「変幻なる一味の進退、遺憾ながら確かなことは申せません。ただし、一味は鳥居さまに未だなんらかの意趣を抱いていると思われます。くれぐれもご注意を怠りなきよう……」

「わかっておるわ。差し出がましい」

鳥居は顔をそむけて呟き、厚い唇をさらに尖らせた。

去年の秋、駒込の吉祥寺、そしてこの春、向島の百花園へ向かう野道で、鳥居は天保世直党の襲撃を受け、いずれも鳥居の絶体絶命の窮地を孝康が救っていた。

鳥居はその件は触れられたくはないらしく、孝康の物言いが恩着せがましい、というふうだった。

「いたずらにときばかりかけて、なかなか成果が出ませんな。甘粕どのの手に余るなら、ほかの者に代わってもらってもかまいませんぞ」

「鳥居さまのご指示に従います。新発田溝口家より蘭医・松井万庵の火つけの嫌疑に再調べの要請があり、そちらの再調べにも手がかかっておりますので」

「松井万庵の一件はもう決着したはずでござろう」

「溝口家は、松井万庵が火つけとの密告を真に受けた町方の根拠に不審を持ち、なおかつ、松井万庵が世直党の一味と決めつけた理由についてもです。未だ、その問い合わせがきております」

「だとしても、それは町方の掛ではないのか」

「溝口家よりの正式の要請のため、われら御目付役にも早急に調べよとの指示が、ご執政よりくだされております。鳥居さまはご存じではありませんか」

　鳥居は孝康を横目で睨んだ。

「知っておるわ。そんな田舎大名の訴えなど適当にあしらっておけばいいのだ。御目付には御目付の、優先しなければならぬ役目があると言うておる。みな忙しい中、確実に成果を上げておる。甘粕どのも、御目付らしい役目を果たしなされ。まったく気の利かぬことだ」

　そう言って座を立ち、尺扇で皺になった袴を苛だたしげに叩いた。

七

「確実に上げた成果が、尚歯会の蘭学者や洋学者の一斉とり締まりというわけか。むだなことをするものだ」

　克衛が言い、盃を膳に静かにおいた。

「世直党などさっさと終わらせ、不埒な蘭学者どものとり締まりに精を出せ、というご様子でした」

と、孝康が寛いだ眼差しを遊ばせた。

森安郷が不服そうに「ふうむ」とうなり、首をひねった。

夏の長い一日が暮れたその宵、三年坂は甘粕邸の克衛の居室で、孝康と森安郷が克衛を囲み酒になっていた。

裏庭に面した縁廊下の腰障子が両開きに開け放たれ、蚊遣りの薄い煙が夜の帳の中から居室へ飛んでくる虫を追い払っていた。

軒に吊るした行灯の明かりが、克衛が耕す裏庭の菜園を薄く照らしている。

「鳥居は御老中・水野さまを後ろ盾に幕閣内の開明派潰しに躍起になっておる。尚歯会のとり締まりは開明派追い落としの一手だが、事は鳥居の狙い通りに運ぶかどうか、なんとも言えぬよ」

「ですが、同じ御目付衆のお役目でありながら、お頭にそのような圧力をかけてくるとは、鳥居さまはお立場を勘違いをしておられる。たとえ上席であっても出すぎた真似も甚だしい。お頭がお若いゆえ、尊大な態度に出られるのでしょうな」

盃をかざした森が、克衛から孝康へ顔を向けた。

「鳥居さまは御公儀漢学の元締め・林家の血筋というのがおのれのよりどころなのだ。

ああいうお方の尊大さを、いちいち気にはしておられぬ」

　孝康はいつもと変わらず、ゆっくりと盃を運んでいる。

　鳥居耀蔵は林家より旗本・鳥居家へ養子となった身である。

「それにいたしましてもご隠居さま、昨日の白木さまとの面談を、誰が言い触らしたのか調べておきましょうか。おそらく牢屋敷の同心のうちの誰かと思われますが」

「よいよい、そのようなこと。放っておけ。隠密にしていたわけではない。その方らに便宜を図ってもらった。いずれ鳥居の耳に入るのはわかっていたよ。孝康も予期していたのだろう」

　克衛はにこやかに言い、胡瓜(きゅうり)と昆布に鰈(かれい)の身を酢味噌で和(あ)えた膾(なます)を口へ運んだ。

「はい。登城するや、いきなり鳥居さまがお待ちと聞き、きたなと思いました」

　克衛と孝康が声をそろえて笑った。しかし森は、

「いやみなお方でございますなあ。それしきのことで」

　と、わずかに眉をひそめた。

「鳥居の苛つきが目に浮かぶ。ときが流れれば多くの事柄が変わってゆく。いいとか悪いとかではない。変わりゆくものを押しとどめることはできはせん。鳥居はそれが耐え難いのだ。あるいはわかっておらぬのかな。ふふん。森、さあ、やれ」

克衛が森の盃に提子を差した。

「畏れ入ります」

「いくら国を鎖しても、異国の事情は様々に入ってきておる。異国の事情の中から都合のいいところだけを受け入れ、都合の悪い考え方や変化は排除する。そんな手前勝手なやり方がいつまでも続くはずがない」

克衛は孝康へ「おまえも……」と提子を差した。

孝康はそれを受け、盃を静かに舐めた。

「白木は異国の、西洋人の優れた考えに心打たれ、それを学びたいと思い学んだ。そんな男を捕縛して御公儀になんの益もありはしない。鳥居は忌々しく邪悪な西洋の考えを退けたつもりかもしれぬが、ときが流れ、いつかは自分の考えが退けられる方になる。人間、六十年も生きればそういう世の無常が見えてくる。森、そろそろおぬしにも見えつつあるのではないか」

「ご隠居さまの仰る通りです。このごろどうも、日々の暮らしが空しゅう思えてなりません」

「空しいか。ならば若い嫁でももらうのはどうだ」

「あはは……それも策ですな。ですが上策とは申せません。なんとなれば、それがしの嫁になってもいいという奇特な女が現れるまで長いときは、とうてい生きられそうもありませんので」

　孝康が克衛と森のやりとりに顔をほころばせた。が、ふっ、と表情を引き締め、

「父上は白木さまのコントラソシアルを、自ら長崎へ旅をしてリンドンというカピタンに手渡すおつもりですか」

　と訊いた。

「白木との約束だ。それは果たさねばならん。わたしが長崎へいくしかない。ただ、ときがときだけに、鳥居の目が光っておる。すぐには動けん。だが、リンドンが本国に帰る時期も迫っておるようだ。ぐずぐずはできん」

　克衛が乾した盃へ、孝康は提子を差しかえした。

「鳥居さまの圧力を恐れて言うのではありませんが、父上が長崎へ旅に出られるとわかれば、鳥居さまは怪しまれるでしょうね」

「ふむ。鳥居のことだ。厳しく詮索するであろうな。借りた異国の書物をかえすだけだ。法度に触れておるのではないのだが」

「そうなると、白木さまとの約束に、障りが生じる恐れがあります」

　克衛は口を一文字に結び、頷いた。

「信用のおける者に、あの書物を託すという手があれば……」

孝康が物思わしげに腕を組んだ。

「信用のおける？　思いあたる者がおるのか」

「そういう者がおればと、思ったばかりです。それに、父上のお年で長旅をされるというのも、多少気になります」

「海路でいけば長崎もそう遠い国ではなくなった。心配はいらぬ」

「それがしがご隠居さまのお供をできればいいのですが」

「いやだよ。旅の途中でおぬしに病気にでもなられたら足手まといだ」

「何を申されます。せっかく心配して差し上げているのに」

克衛と森は戯れに言い合って、吹き出した。

孝康は二人のやりとりを聞きながら、思案を続けた。

それでもやはり、心配か——と、克衛が持ち上げた盃の先で笑みを見せた。

「コントラソシアルという書物には、民はすべて身分の区別がない、と記されていると白木さまは言われたのですね」

孝康は腕組みをとき、手を膝においた。

「そうだ。白木はそう言っていた」

「民の命は民のものであり、民は心のまま気ままにふる舞う自由があると」

「心のまま、気ままにふる舞うのであれば、犬や猫と変わりませぬな」

と、森が口をはさんだ。

「だから、犬や猫のようにはならぬよう、身分の区別のないすべての民が約束事を結んだ御公儀を作り、政を行うと言うのだ」

「民が御公儀を作り？　そんなことができるのですか」

「わからん。だがあの書物にはそういうことが書かれてあるらしい」

「それでは、まるで絵空事ですな」

森がうなった。

「父上……」

と、孝康が言った。

「われらには五倫（ごりん）の教えがあります。五倫の中には、民はすべて身分の区別がなく、民の命は民のものであり、民は心のまま気ままにふる舞う自由がある、という教えはありません。その教えが、白木さまの言われた偉大な言葉と何を証拠に断ずればよいのでしょうか」

「おそらく白木にも、証拠はまだわかっておらぬと思う。だが白木はこうも言っておった。それをとく言葉は、外にではなく、われら一人ひとりの心の内にある。おのれの心に問えばわかるとだ」

「ふう……それがしにはさっぱりわかりません」

森がまた言った。

「いいか森。わからぬから鳥居のような男は、くだらぬ、埒もない、ときり捨てる。だがな、くだらぬ埒もない書物が見事な表装を施され、西洋の書物問屋で売られ、それを買い求め読む民がおると聞く。これはただごとではないぞ。絵空事と決めつけていいものかどうか」

孝康は、酢味噌で和えた昆布を咀嚼し、冷たい酒を口に含んだ。

膳に並んだ木の芽田楽の香ばしい匂いをかいだ。

ふと、孝康の脳裡に翁の仮面がよぎった。翁はおもむろに翁の仮面をとり、二重瞼の静謐な眼差しを孝康に向けた。

降りそそぐ秋の日差しの下で、その顔を孝康は一度見ただけだった。

だが、孝康は翁の顔を忘れなかった。

ああ、あの男……

孝康は気づいた。

身分の区別はなく、おのれの命をほしいままにし、心のまま、気ままにふる舞うことのできる自由の中に、あの男はまさにいるのだと、孝康は思った。

乱之介は短い眠りから覚めた。

蚊帳(かや)の外の有明行灯(ありあけあんどん)のほの明かりが、八畳の部屋を薄(うっす)らと包んでいた。

乱之介の隣に代助、羊太、それから惣吉の順に布団を並べ、三人の寝息が聞こえている。

大男の惣吉の低い鼾(いびき)が、獣のようだった。

西側の続き部屋の六畳間は、お杉と三和の寝所にあてている。

濡れ縁の腰障子と板戸を風通しに半間ほど開けていて、濡れ縁の先の庭は暗闇に覆われていた。

表通りの妓楼の若い者が鳴らす真夜中九ツの拍子木の音を、布団の中で聞いた。

遠い寺の鐘が夜陰にまぎれて聞こえ、乱之介はそれから眠りについた。

二刻も眠っていないのだろうが、冴え冴えとした目覚めだった。

乱之介は布団の中で半身を起こした。

身体が汗ばんでいた。

隣の代助が気配を感じたのか、寝がえりを打った。

表通りの方で、犬がしきりに吠えていた。希に真夜中の通りを酔っ払いや浮かれた嫖客が根津門前町に迷いこんで、野良犬に吠えかけられることがある。

濡れ縁に出て、汗ばんだ身体を涼しい夜風に触れさせた。

裏庭の樹木の影や隣家の屋根の影が、星空を背に黒く映って見えた。

犬の鳴き声がすぐに途絶え、町は眠りに包まれた。

三人の心地よさそうな寝息が、後ろの部屋から聞こえた。

乱之介は濡れ縁から手洗いへいき、寝床には戻らず、調理場をのぞいた。

土間へ下り、流し場の隣に並ぶ水瓶から柄杓で水を掬って喉を鳴らした。

冷たい水が心地よかった。

ふう、と長い溜息をつき、明かりとりの小格子ごしに裏庭の暗闇を見やった。

小格子の間から、蚊が羽音をたてて飛んできた。

眠りが短いのは何か気がかりがあるからか、と自問した。

羽音を目がけ指先ではじくと、羽音が消えた。

しいて言えば——と、乱之介が土間に佇んだなり、呟いたときだった。

隣家の妓楼との間の路地に、物音がした。

野良犬かと思い、すぐ、違うと気づいた。

擦(こす)るように路地を鳴らす人の足音だった。しかもひとりや二人ではない。表の通りより複数の足音が次々と路地へ侵入し、五木屋の裏庭の板塀に沿って囲うように忍んでいく。足音を忍ばせた中に、密かな人の吐息がまじっていた。

乱之介は土間から板場の料理部屋へ上がり、部屋続きの内証(ないしょう)へいった。

内証の押し入れの床下に隠したみなの刀をとり出し、内証の暗がりにそろえた。

それから息をひそめ、裏庭の方、そして表戸の方へもう一度耳を傾けた。

張りつめた邪(よこしま)な妖気が、たちこめていた。

いっさい声をたてず、向こうもこちらの様子をうかがっているかのようだった。

二本を腰に帯びた乱之介は、代助の脇差と石飛礫(いしつぶて)の袋をとり、八畳間へ戻った。

羊太の寝息と惣吉の鼾が聞こえた。

代助は乱之介の気配にすでに気づいたらしく、蚊帳の中から、

「乱さん、何かあったかい」

と、平穏な語調で言った。

有明行灯のほの明かりが、起き上がった代助を照らしている。

「代助兄さん。五木屋の周りに人が集まっている。数が多い。みなを静かに起こして

寝ているふりをして布団を残し、内証で備えてくれ。兄さん、脇差と石飛礫だ」

蚊帳の裾より、脇差と石飛礫を差し入れた。

代助は剣の腕より石飛礫の技を得手にしている。

「承知」

代助が脇差を腰に帯び、石飛礫の袋を帯に結びつけた。

「塀の外に多く集まっている。おれは裏庭の隅にひそみ、庭に入ってきた者らのわきや背後から不意をつく。兄さんたちは内証にかたまり、家の中にまで侵入する者を迎え討ってくれ。表側からも侵入してくるかもしれぬからな」

「わかった。羊太、惣吉、起きろ」

「うう……ううん……」

惣吉の鼾は止まったが、二人はなかなか目覚めない。

「それから無闇に表へは飛び出すな。外で待ちかまえている者がいる恐れがある」

羊太と惣吉がやっと気づいて起き上がった。

「お杉さん、起きて」

隣の部屋の三和の抑えた声が聞こえた。

乱之介はそっと襖を開けた。

隣の部屋にも有明行灯が灯り、蚊帳の中で二人が起き上がり素早く身支度をしている姿を映した。

「乱さん……」

三和が不安げに帯を鳴らしながら言った。

「布団は寝ているふりを残して、代助兄さんの指図に従え」

お杉が鉄漿をむき出し、不敵な面がまえで言った。

「町方かい」

「違うと思うが、明らかに五木屋を狙った者らだ」

「押しこみじゃないのかい」

「人数が多すぎる。兄さん、備えができたら行灯の灯を消してくれ。それを合図にお代助、羊太、惣吉、三和、お杉の五人が、そろって頷いた。

れが仕かける。みな、逃げるときはかねてからの手筈通りに」

乱之介は再び濡れ縁に出て、暗闇に覆われた裏庭の様子をうかがった。

塀の外に息づく気配が増えているのがわかった。

おそらく、侵入してくる一隊と外の路地や表の物陰にひそんで待ちかまえる者らの二手に分かれるだろう、と乱之介は読んだ。

裏庭の南側に井戸がある。

暗くて見えないが、裏庭の様子は熟知している。

乱之介は縁から飛び下り、足音を殺して井戸端へ走り、身を隠した。

板塀には東側に片開き引戸の裏木戸がある。

裏木戸の外の路地をはさんで、武家の土塀が続いている。

谷中(やなか)は武家でも小役人の組屋敷が多い。そのすべてが寝静まっている。

裏木戸の周辺に注意を払った。

すると、塀の上に黒い人影がのび上がるのが見えた。

塀がわずかに軋(きし)んだが、さほどの物音ではない。

人影は塀を乗りこえ、身軽に庭へ下り立った。

黒装束に覆面をつけ大刀を背に担いで、物慣れた動きがわかる。腰をかがめ、家の方へ束の間、様子をうかがう素ぶりを見せた。

有明行灯はまだ消えていなかった。

代助兄さんまだか。くるぞ……

乱之介は胸の内で言った。

黒装束は身を翻(ひるがえ)し、裏木戸の閂(かんぬき)をはずした。そうして引戸を、こと……と開けた。

次々と黒装束が庭へ忍び入り、所定の部署を心得ているかのように、手分けして位置についたかに見えた。

乱之介が身を隠している井戸端にも、二つの黒装束が陣どった。

庭に入ってきた影は全部で七体、裏木戸のところに二体が後詰(ごづめ)に伏せている。

路地に四人、表に五人、とすれば、全部で二十名足らず、と推量した。

「勝手口から踏みこむぞ」

井戸端の黒装束が、もうひとりへくぐもった声をかけるのが聞こえた。

三之章　襲撃

一

「勝手口から踏みこむぞ」

井戸端の黒装束が、もうひとりへくぐもった声をかけるのが聞こえたそのとき、家の中の有明行灯の明かりがかき消えた。

行灯が消えたと同時に、影の足音が一斉にざわめいた。

暗闇の庭にうなり声が低く流れた。

井戸端の二体の黒装束が抜刀し起き上がった。

だが二体は、それより早く井戸端の反対側からもうひとつの影が動き出したことに気づいていなかった。

影は鯉口をきりつつ、闇を払って井戸端を音もなく廻りこんだ。

黒装束の行く手を阻んで暗がりに佇んだ。

黒装束が覆面から出た目を瞠った。

暗闇の中に不意に現れた乱之介を見つめ、一瞬動きが止まった。

そこを、抜き打ちにした。

「ぶふっ」

男がひと息吹いて、固まった。

そのわきを後ろの黒装束へ大きく踏み出し、唖然、とした黒覆面の頭上へ一撃を浴びせた。

黒装束はわずかな悲鳴を上げて、後方へ吹き飛んでいく。板塀にぶつかり、塀ぎわにぐにゃりと崩れ落ちた。

わずか二太刀の間だった。胴を斬り抜かれた黒装束が倒木のように地を這い、

「うん？」

と、残りの五つの影が乱之介に気づいたとき、乱之介は五人が態勢を転ずるより先んじて、ふり向きざまに刀をかえし一番手前の黒装束の肩を袈裟懸にくだいた。

黒装束が悲痛な声を発し、つむじ風のように舞って濡れ縁のそばへ転倒していく。

「ここだあっ」

四つの影の誰かが喚いた。

途端、乱之介は身を翻し、裏木戸の後詰の一体へ突進した。

裏木戸の後詰は、異変に気づいて庭へ突入を計ったところだった。

乱之介が突進し、渾身の一撃を加えた。

黒装束は覆面の間の目を剝き、それを強烈に受け止めた。

火花が散り、刃が咬んだ。

かまわず乱之介は刃を咬み合わせたまま、肩を黒装束へ打ちあてる。そして黒装束の身体を突き上げた。

ああっ、と黒装束が宙を飛んで裏木戸を突き抜け、路地の向かいの武家屋敷の土塀へ叩きつけられた。

その隙に今ひとりがわきより袈裟懸に斬りかかるのは、承知のうえだった。

身をひねり、地面すれすれまで膝を折って袈裟懸をかいくぐる。そして黒装束の胴を横薙ぎに斬り抜け、夜空へ飛び上がった。

そのとき、勝手口から惣吉と羊太が走り出て、惣吉の丸太のような腕が庭の四つの影のひとつへ背後からつかみかかった。

濡れ縁からは、板戸より飛び出した代助が素早い石飛礫（いしつぶて）を繰り出し始めた。

石飛礫が、からん、からん、と樹木や板壁にはじけ乾いた音をたてる。

「兄さん、ここは頼む」

乱之介は地に下り立つや言い残し、胴を斬り抜かれた黒装束が前のめりにうつ伏せていく身体を飛びこえ、南北に通る路地へ走り出た。

途端、路地の南側より新手の黒装束が上段で突進してくる。

続いて路地の北側からもう一体が、同じく上段で襲いかかってきた。

しかし乱之介は、路地の北側を押さえた黒装束が身がまえ突進を計った遅れの差を即座に確かめ、南側の相手へ八相で向かった。

「うおおおっ」

黒覆面が雄叫（おたけ）びを上げ、たちまち間がつまる。

だが黒覆面の突進は、勢いはあっても粗雑だった。

一間以上の間より、焦って先に打ちかかった。

鋭く右へきれこんだ乱之介の動きに、黒覆面のきっ先は届かなかった。

乱之介の前進を威嚇するかのように、ひゅうん、とうなり空を斬った。

乱之介の踏みこみは、黒覆面に防御のときを与えなかった。

八相から斜め下へ顔面を薙いだ。

黒覆面の顔面が激しくぶれ、血飛沫とともに顔を隠していた覆面が飛散した。足をもつれさせて土塀にぶつかり、撥ねかえされて路地に横転。

咄嗟、踏みこんだ片足を軸に転身し、北側から襲いかかる一撃を高らかな音をたてて撥ね上げた。

北側からの黒覆面は撥ね上げられた反動をもろに喰らい、四肢を泳がせ裏木戸まで後退し、そこで堪えきれず尻餅をついた。

と、起き上がりかけた横顔に石飛礫がはじけ飛んだ。

「あつうっ」

黒覆面が声を上げてよろけたところへ、石飛礫に追われるかのように木戸から二つの黒装束が路地へ、もつれ合って転がり出た。

庭の中から石飛礫が、闇をきって飛び、板塀や土塀に撥ねかえる。

幾つかの黒い影が混乱し、そこへ執拗に石飛礫が浴びせられた。

黒い影は戦意を失い、たちまち路地の北側へ逃げ出した。

代助が追いかけ、路地へ飛び出した。

素早く石飛礫を飛ばせる態勢にかまえ、南側の乱之介と目が合った。

南側を固めていた黒装束は、土塀ぎわに倒れすでに虫の息だった。

「乱さん、無事かい。外へ飛び出したので吃驚したぜ」

「すまん。ついわれを忘れた。けど兄さんの石飛礫は相変わらず凄い。助かった」

二人はひそひそとした声と笑みを交わした。

けれども乱之介は、すぐに倒れた黒装束の胸ぐらをつかみ、路地の前後を見渡しながら裏木戸の方へ引きずった。

「兄さん、亡骸を隠す。何事もなかったようにふる舞うんだ」

「わかった」

代助は飛散した石飛礫の数個を拾い、代助が黒装束を引きずった跡と血の痕跡を、路地の土をかけて消した。

一方、惣吉は勝手口から裏庭へ出ると、宙を翻っている乱之介が見えた。

四つの黒装束が、乱之介を狙っていた。

惣吉はひとつの黒装束の頭を、瓦ほどの掌で後ろからいきなり挟んだ。

挟みこんだ頭を、右へ左へと大きくゆさぶると、

「あわわわ……」

と、黒装束は後ろからの怪力にゆさぶられ、手足をじたばたさせた。

隣の黒装束が仲間を救うべく、惣吉へ斬りかかる。

それを惣吉に続いて走り出てきた羊太の一刀が、懸命に払った。

「そうはさせねえぜ」

羊太は黒装束へ吐き捨て、大刀をふり廻した。

羊太に剣術の心得はない。二尺三寸五分の大刀を乱之介に真似て持っているが、所詮は喧嘩剣法だった。

黒装束は小柄な羊太よりも体力に勝り、剣の技量が違っていた。

無闇にふり廻すだけの羊太の大刀を易々(やすやす)とはじきかえし、逆に羊太へ奇声とともに打ちこんだ。

かろうじて受け止めた羊太を、刃をぎりぎりと咬み合わせたまま、勝手口までたちまち押しこんだ。

羊太は勝手口わきの板壁へ背中をぶつけて押しこまれ、

「おのれえっ」

と、のしかかる黒装束の圧力を、刀を震わせ必死に堪えた。

そのとき惣吉は、両掌にはさんだ黒装束の頭をゆさぶり続け、鯨捕りの投網(とあみ)のようにはさみこんだ頭を夜空へ投げ捨てた。

　黒装束が空を飛んで庭の立木の幹にぶつかり、撥ねかえる。

　四肢を投げ仰向けに倒れたところを、刀を手にした腕を踏みつけ、片方の足を黒覆面の上に落とした。

　大きな足の裏で黒覆面がつぶれたのがわかった。と、そのとき、

「そそそ、惣吉、じゃなかった。か、寛助、助けてくれえっ」

　羊太が助けを求め、惣吉はふりかえった。

　だがその一瞬、黒装束はひと声発して仰け反り、身体をひねった。

　羊太に押しかえされ、勝手口へよろけた。

　勝手口には、黒装束の腕に一撃をみまった三和が脇差をかまえていた。

　三和の後ろにお杉が身を縮め、震えながらそれでも脇差をかざしている。

　腕を深く疵つけられた黒装束は、勝手口の腰高障子にぶつかり、血をしたたらせつつ三和を睨んだ。

「こいっ」

　三和が懸命に言った。

「きき、きやがれ」

後ろのお杉が震え声で言った。

「女、よくもぉ」

黒装束がうめいた。瞬間、

「てやあっ」

と、体勢を直した羊太が背中へ打ちかかった。

「わあっ」

黒装束はひと声喚き、身をよじりながら三和を捨てて土間へ転がり逃げる。

もうひと太刀、羊太の上段からの追い打ちが勝手口の上縁を叩いた。

なんでえ、くそっ、と上縁に食いこんだ刀を抜いている隙に、黒装束は勝手口の土間から表の店土間へと転がった。

勝手口の土間と店土間の仕きりは、半暖簾が下がっているばかりである。

黒装束は店土間を転がりつつもよろけて身を起こし、表口を閉ざした板戸へ突き倒す勢いで身体ごとぶつかっていった。

しかし、板戸はがたんと音をたててゆれただけだった。

黒装束は板戸に凭(もた)れこみ、苦痛に顔を歪めた。

板戸を必死に叩き、外の仲間の助けを呼んでもう一度体当たりを試みた背中へ、羊太が体当たりを喰らわせるように突き入れた。

　黒装束が悲鳴を上げた。

　手足をじたばたさせ、身をくねらせる。

「それええっ」

　羊太がさらに深く、鋭く突きこんだ。

　黒装束の動きが萎えていき、刀が落ちた。

　二つの身体が折り重なって、板戸に凭れ、すべりながら崩れ落ちる。

　黒装束が最期の痙攣（けいれん）を始めた。

　羊太は黒装束から逃れ、店土間に尻餅をついた。

　手足も顔もぬるぬるとし、自分の息と血の吹くしゅうしゅうという音が聞こえるばかりだった。

「羊太、しっかりしろ」

　そこへ乱之介がきて、羊太の両わきをとり助け起こした。

　代助、三和、お杉、惣吉も集まっている。

「亡骸を裏庭に集めろ。夜が明ける前に埋める。今の騒ぎは酔っ払いの客が暴れたことにして、何事もなかったように装うんだ。お杉さん、お三和、家の中の血を綺麗にしてくれ。おれたちは穴掘りだ。急げ」

そのとき、表の板戸を荒々しく叩く音がした。

「五木屋さん、五木屋さん、大丈夫かい。五木屋さん……」

「おおい、五木屋さん」

外の声が呼びかけた。

根津には、門前町の惣門と社地の門前の近くに宮番所がある。そこに詰めている町役人らが騒ぎを聞きつけ、駆けつけてきたらしかった。

「乱さん、ここはあっしに任せておき」

お杉が胸を軽く叩いて言った。

「は、はい。ただ今明かりを……」

お杉が外へ声をかけ、

「お三和、箒(ほうき)で土間を掃くふりをして血を隠すんだよ。乱さんたちは亡骸を裏庭へさっさと運んで」

と、指図した。

「頼む」

乱之介が惣吉に目配せし、惣吉は「おお」と、黒装束の身体を俵(たわら)を持つように両手に抱え裏庭へ運び出していった。

　まだぼうっとしている羊太の背中を代助が押した。

　三和が手ぎわよく動いて箒を取り出し、暗がりの中で土間を掃き始めた。

　お杉が行灯へ火を入れ、外の町役人らへ「お待たせして、すぐに」と言いつつ、三和が箒で綺麗にしている店土間の様子を確かめた。

　潜戸（くぐりど）の閂（かんぬき）をはずし、引戸を開けお杉が行灯を下げて店表へ出た。

「相すみませんねえ。酔っ払いが暴れてちょいと散らかっていますもんで」

　お杉は潜戸の前に立ちふさがり、化粧を落として鉄漿（おはぐろ）だけが残ったいっそう薄気味の悪い顔を、五人の町役人らへほころばせた。

　町役人らは門前町の提灯を手にしている。

　後ろには、起き出した近所の住人が顔を出していた。

「人の叫び声がして大変な斬り合いが始まったと、知らせがあった。な、何事だい」

　町役人のひとりが潜戸から提灯を照らし、店土間をのぞこうとするのをお杉がしなしなと邪魔をした。

　薄暗い店土間で掃き掃除をしている三和が、のぞき見た町役人へ愛想よさげな会釈を投げた。

「ですから、いえね。性質の悪い酔っ払いが六、七人。どっかの田舎の勤番侍と言ってましたけど、どうせ浪人者ですよ。夜明けまでにお屋敷に帰ればいい、だから呑ませろ呑ませろって帰らないんです。店仕舞いの刻限ですって言っても、なんだ無礼者って凄んじゃって。あっしら、もう恐ろしくって仕方なかったんですよ。いやなお客でも、お客はお客ですし」

「おお、そうかい。番所にひと声かけてくれればよかったんだが。それにしても斬り合いってえのはどうしたことだい」

「斬り合いっていうか、酔っ払いが刀をふり廻して、ただ暴れたんですよ。呑み散らかしていっとき寝静まっていたんですけど、真夜中に起き出してまた呑ませろって騒ぎ出して。うちの支配人の信吉が、お客さんいい加減によしてくださいよって苦情を言いますとね。そしたら怒り出しちゃって、刀をふり廻して暴れて、店の中はもうめちゃめちゃ……」

「ふうむ、酔っ払いがね」

「ずいぶん悲鳴が聞こえたようだが、斬り合いじゃないんだね」

「斬り合いって言うか、あっしら、とめなきゃいけないし、危ないから逃げなきゃいけないし。うちの者だって、物騒な侍相手に悲鳴だって上げますよ。向こうは奇声を上げて追いかけてくるし、仲間同士でふざけて刀を打ち合ったりして、頭がどうかしてますよ。うちの者に怪我人が出なくて、それだけが幸いでした」

「どこの侍だい。勤番侍なら町役が屋敷にかけ合って弁償をしてもらわねばな」

「さあ、どことも言いませんでしたから。本当に性質（たち）の悪い」

「そうかい。じゃあ、まあ、五木屋さんは大丈夫なんだね」

「はい、どうにか。暴れられて店が壊された以外は」

「侍たちはどうした」

「騒ぎが大きくなったもんですから、こりゃいかん、と慌てて。つい今しがた裏木戸から逃げ出していきました」

「逃げたか。そりゃあそうだろうな」

町役人のひとりが、店表の裏通りの左右へ目を配った。

「けどまあ、怪我人が出なくて大丈夫なら、わたしらも引き上げるとするか。女将（おかみ）さん、お侍たちの素性がわかったら教えておくれ。町役でどういうふうにかけ合うのがいいか、相談するからね」

町役人たちが裏通りを中坂横町の通りの方へ引き上げていくのを、

「ご苦労さまでございます」

と、お杉は町役人らへ身体をくねらせ礼をし、近所の顔を出した住人へは、殊さら艶めかしく腰を折って見せた。

「みなさん、真夜中にお騒がせして相すみませんねえ」

血の臭いを嗅(か)ぎつけたためか、野良犬が裏通りへさまよってきて、お杉へしきりに吠えかけた。

「うるさい野良犬だねえ。あっちへおいき」

お杉は潜戸(くぐりど)へ身をかえし、引戸をぴしゃりと閉じた。

二

一番鶏がとうに鳴いて空が白み始めたころ、乱之介たちは裏庭に七体の亡骸(なきがら)を埋め終わった。

四人が井戸端で身体を洗い、互いに血や泥の汚れが落ちたのを確かめているとき、お杉と三和が自分たちを襲った刺客にもかかわらず、亡骸を埋めた跡へじっと掌を合わせた。

烏(からす)が明けゆく空を飛んでいった。

「……けど、まさか鳥居の手の者じゃないよね」

　代助が身体をぬぐいながら声を落として言った。

「鳥居の指図なら、大江が指揮をとって町方が踏みこんでくるはずだ。こいつらはお上の手の者じゃない。明らかにおれたちを始末しにきた侍たちだ。しかもみな腕利きだった。よく慣れて動きに統制がとれていた。戦慣れしている」

　乱之介は桶で手拭を洗いながら代助に言った。

「侍？　侍がなんでおれたちを。世直党のことを知っているのかな」

「間違いなくおれたちのことを知っている。どこの誰の差し金で、なんのためにおれたちを狙ったのか、調べる必要がある」

「どうやって、ここを嗅ぎつけたんだろう」

「いつかは嗅ぎつけられるのは仕方がない。おれは長くて半年だと思っていた。ここもそろそろ……」

　しかし、羊太と惣吉は張りつめていた気持ちがとき放たれ、水をかけたりかけられたりして童子のように戯れ合った。

「おい、静かにしろ」

　代助が二人をたしなめた。

「代助兄さん、朝飯にしよう。みなで飯を食いながら、今後の手筈を相談しよう」

乱之介は桶の水を流した。

半刻後、調理場の板敷続きの座敷で六人は普段より早い朝飯をとった。

竈（かまど）に燃える火が湯鍋に湯を沸かしていた。

夜はすっかり明け、朝の赤い日が調理場の明かりとりから差しこんでいた。

「乱さん、もしかしたら一昨日の不忍池の酔っ払いたち、あれも昨夜の一味では」

三和が白い素顔をわずかに曇らせた。

「おれもそう思う。あいつら、ただのいやがらせとは思えなかった。身体に触れてわかった。相当鍛えられていた。それに、言いがかりをつけてきた言葉にどことなく訛（なまり）があった。あれはどこの……」

「じゃあ、一昨日のそいつらは、乱さんとお三和の顔を知っていたということだね」

代助が茶を含んで、湯飲みを膳においた。

「恐いねえ。何が狙いなんだい。お上のほかに、もひとつ、やっつけなきゃあならない一味がいるってことだね」

お杉も朝飯を終えて、茶を飲んでいた。

羊太と惣吉は、まだ茶碗飯をかきこんでいる。

「まったく、よく食うね、あんたたちは……」

お杉が羊太と惣吉を見上げて言った。

「よっぴて働いて腹が減ってんだよ。なあ惣吉」

「う、うん……」

大食漢の惣吉は、話す間を惜しんで食っている。

だが羊太は、箸を止めて言った。

「あまかすって、男前のおっかねえ御目付が、あの野郎はどうだい」

「甘粕孝康か。あいつは諦めずにおれたち世直党を追ってくるだろう。いつかはどちらかが倒れるまで斬り合うことになるかもしれない。だとしても、あいつは昨夜のようなやり方はしないよ」

乱之介は腕組みをし、甘粕孝康の顔を思い浮かべた。

敵なのにあの男に会いたくなるのはなぜだ、と乱之介は時どき思うのだった。

そう言えば、お杉さん――と、代助が眉間へ人差指を押しあて言った。

「一昨日の昼、新川の伊坂屋という酒問屋の主人が、侍の客を二人連れてわざわざ昼飯を食いにきたよね」

「新川の伊坂屋と言ったら、霊岸島の銀町界隈に別店や系列の店を何軒も従え、あの辺りの土地持ちでも知られている豪商だよ。先代か先々代かが国は陸奥(むつ)と聞いたね」

「あの客の侍のひとりが、手洗いにいった戻りの廊下を間違えたと言って調理場をのぞいていた。調理場は手洗いへいく途中にあるが、階段と調理場を間違えるほど廊下は長くねえ。妙な客だなと思ったが、そのときは美味(うま)い料理を食わせる板前を見てみたかったのかな、ぐらいに思って怪しまなかった。乱さん、あの侍たちをどう思う」

「伊坂屋から祝儀をもらって、お杉さんと二階の座敷へ挨拶にいった。あのとき、侍の客が仙台で心慣流の道場を開いていると言っていた。そうだな、あの侍の言葉にも少し訛があった」

総髪に一文字髷(いちもんじまげ)を乗せ、頬がこけて頬骨の高い日に焼けた顔に、乱之介を見つめる鋭い目が光っていた。

年のころは四十代半ばすぎ。五十はこえていまい。

侍は乱之介の身体つきを見て「侍では……」と疑ったが、侍自身の身体つきは乱之介よりいかつく、長い年月、おのれを鍛え上げる鍛錬にのみ生きてきたと思われる凄みを覚えた。寸分のたるみも許さない強烈な凄みで、全身を鎧(よろ)っていた。

もうひとりの侍は木偶……

のっぺりした顔つきに冷ややかな目で、乱之介を見ていた。

料理を美味いと言いながら、心底は別にあったかに見えた。

「伊坂屋は豪商でも、下り酒問屋だからね。乱さんたちに遺恨があるとは思えないけど。伊勢町辺りの米問屋なら、去年の米仲買商の一件で世直党に仕かえしをたくらむってえのはわからないわけじゃないけどさ。それにしても昨夜の賊は、ちょいと違う気がする。だいたい新川の伊坂屋にかかわりのある者がいるのかい？」

誰かこの中に——と、お杉が見廻して訊いた。

みなが首をふり、乱之介は竈へ顔を向けた。

「さっぱりわからん」

と、考えながら呟いた。

「仙台なら、陸奥の笠原家ね。陸奥一の大家でしょう。伊坂屋が陸奥から江戸へ出た商人なら笠原家の御用達かもしれない。あのお侍たちは笠原家にかかわりがあり、それで伊坂屋のお客になっていた。だから……」

三和が落としていた目を上げた。

「何が言いたい」

乱之介が訊いた。

「わたしにもわからない。だけど乱さん、笠原家のことで何か思いあたる出来事とかはないの？　もし相手がお武家なら、わたしたちの中でわかるのは乱さんだけよ。昨夜の侍たちは、きっとまたここへ襲ってくるわ」

襲ってくるという三和の言葉に、飯を食い終わった羊太は唖然とし、まだ食い続けている惣吉の箸が止まった。

「お三和の言う通りだ。お杉さん、みんな、ここを引き払おう」

「いつ……」

代助が訊きかえした。

「巧遅は拙速に如かず。兄さん、今夜中に出よう」

「そうだな。案外、猶予がならねえかもしれないな」

「ええ、今夜中？　そんなに急にかい」

羊太が意外そうに言った。

「羊太、おまえ馴染みの女のことを気にしているんじゃないだろうな」

「そ、そんなんじゃねえよ。けど、なあ……」

と、羊太と惣吉が顔を見合わせた。

「今日の五木屋はいつも通りに開く。昼の客が退いたら、まずお杉さんとお三和が明るいうちに出る。身の周りの物と相応の金だけを肩に担いで、それ以外の荷物はなしだ。近所に必ず声をかけていってくれ。昨夜の酔っ払い騒ぎの縁起直しに六地蔵詣でを残していた巣鴨の真性寺へ出かける。今夜は駒込の親戚の百姓家に泊めてもらうつもりだ。五木屋は男衆たちで普段通りに開けていますのでよろしく、と言ってな」

お杉とお三和が頷いた。

「次に半刻ほどして羊太と惣吉が、葛籠を担いで鳴子坂へまくわ瓜の仕入れにいけ。人に訊かれたら、明日のお客に出せる残りが足りないので、支配人にどうしても今日中に仕入れてこいと言われた、と煩わしそうに言うんだ。戻りは暗くなるだろうから心細いので二人でいくってな。途中、道を変えて巣鴨の折戸道から中山道の庚申塚へいき、そこでお杉さんとお三和に合流する」

「ええ、お杉さんとお三和に合流？」

「お杉さんとお三和は庚申塚の茶屋でおまえたちを待っている。遅れるなよ。羊太と惣吉には一番多くの荷物を運んでもらうからな。荷は重いぞ」

「庚申塚で合流して、それからどこへいくんだい」

茶碗と箸を持ったまま、惣吉が訊いた。

「板橋宿だ。場所はお杉さんが連れていってくれる」

五木屋を捨てる場合の次の手筈は、前もってお杉や代助と決めていた。

お杉が気味の悪い鉄漿（おはぐろ）を、けけ、と剝き出した。

「代助兄さんとおれが今夜は早めに店仕舞いにして片づけをすませ、最後に裏から静かに出る。おれたち二人は夜陰にまぎれて板橋まで一気にいく」

「わかった。持っていく荷物を決めなきゃな」

「できるだけ身軽に、それぞれの身の周りの物と金を手わけして運び、それ以外は全部おいていく。旅支度もしない。五木屋に暮らしの跡をそのまま残し、おれたちだけが神隠しに遭ったみたいに忽然（こつぜん）といなくなるんだ」

「なんだか、もったいねえな。五木屋はどうなるんだい」

羊太が残念そうに言った。

「五木屋は終わる。羊太、惣吉、庚申塚から先はお杉さんの指図に従うんだ。お杉さん、三人を頼んだよ」

「そっちは任せておくれ。万が一斬り合いになったら、やんちゃ坊主たちとお三和に任せるから」

その午後、木挽町の読売屋・花田屋の表戸が建てつけの悪い音をたてて両開きに引き開けられた。

「勘弥、勘弥はいるかいっ」

黒巻羽織の定服の大江勘句郎が、花田屋の前土間に雪駄を荒々しく鳴らした。

手先の文彦が、丸い腹をゆらして続いた。

店の間に乱雑に並べた数台の文机や紙ごみや双紙、瓦版の山の間にむっつりとうずくまって筆を使ったり、二、三人が鳩首をそろえひそひそと凝議に耽っていたあわせて十人足らずの男らが、大江の剣幕に呆然とした顔を上げた。

中のひとりが、いやな野郎がきやがった、みたいに顔をしかめた。

大江はそれを見逃さず、指差した。

「てめえ、てめえだよぉ。勘弥を呼んでこい。呼んでこいってんだよおっ」

指差された男が、「へ、へえ」と中腰になり、大江の怒声に戸惑った。

「ぐずぐずするんじゃねえ。それとも何か。てめえが勘弥の身代わりにたつってえのかい」

「いいえ、め、滅相もありやせん」

男は店の間に続く四畳半の障子戸へ、「おやかたあ、親方？」と小声で呼びかけた。六畳ほどの店の間の奥が四畳半と台所の落ち土間になっていて、四畳半の引き違いの障子が閉じられている。

障子に人影の立ち上がるのが薄っすらと映った。

「勘弥、さっさと出てきやがれっ」

大江が怒鳴った。

「かんやあっ」

赤ら顔の文彦が太い声を、店の間の男らの頭越しに響かせた。障子が開き、勘弥が鼻眼鏡をなおしつつかがみ腰で店の間に現れ、

「これはこれは大江さま。お暑い中、お役目ご苦労さまでございます。お呼びいただければわたくしの方からうかがいましたのに」

と、ちょこまかとした小股を店の間へ運んだ。

勘弥は店の間板敷に跪き、手をついた。

大江は鼻の穴をふくらませ二つの目をちぐはぐに歪めて、手をついた勘弥の白髪まじりの頭を睨み下ろした。

「なんでございますねえ。やはり夏らしくなったと申しますか……」

　勘弥が手を上げ、そう言って手もみした。

　途端、大江が勘弥の単の着流しの後ろ襟を鷲づかみにした。

「てめえ。無礼者があっ。誰が手を上げていいと言った」

　と、上がり端から勘弥を前土間へ引きずり落とした。

「あ、乱暴な。な、何をなさいます」

　土間へ引きずり落とされた勘弥は、乱れた裾を直し、跪いて両手をかざし大江の乱暴を制する仕種をした。

「なあにが乱暴な、でえっ」

　勘弥の仕種に大江はさらに怒りを募らせた。

　黒羽織を払って帯に差した十手を引き抜き、勘弥のかざした手を打ち払い、かえす一打を頭上に見舞った。勘弥の鼻眼鏡が吹き飛んだ。

「あたたた……」

　頭を抱えて逃れる背中を、勢いよく蹴りつけた。

　起き上がりかけたのが前につんのめり、半ば開いたままの腰高障子にぶつかった。

　腰高障子がはずれ、勘弥の頭へ倒れかかる。

　表の小路の通りがかりが、何事かと足を止めた。

大江は障子を払いのけ、勘弥の前襟をつかんで立たせた。

「ええ、てめえっ。奉行所を舐めやがってよ」

肉づきのいい頬へ十手を見舞った。

ぶっ、と勘弥は唇を震わせ仰け反り、二、三歩よろけて土間へ仰のきに転倒した。

勘弥の頬へたちまち赤いみみず腫れが走った。

大江は雪駄で勘弥の顔を踏みつけ、足をねじりこんだ。

「おやめ、くださ……あぐぐ……」

勘弥は大江の足首をつかみ、裾を乱して自分の足をじたばたさせた。

さすがに店の間の男らが立ち上がった。

文彦が赤ら顔をいっそう赤らめ、男らへ丸い腹を突き出した。

「騒ぐな。お上の御用に逆らう気か」

と、よく響く声を張り上げた。

男らは互いに顔を見合わせ、ざわついた。

「なんぞ文句があるのけえ。ここにいる全部、番所にしょっ引いてもいいんだぜ。なんだったらてめえらの女房と餓鬼も同罪だあ」

大江が男らへ十手を突きつけた。

「そうだ。てめえらの中に与五って野郎はいるかい。与五っ、いるなら出てこい」

六畳間に痩せた着流しの男が、恐る恐る立ち上がった。

「てめえが与五か」

「へ、へえ。あっしでやす」

「こっちへこいっ。こいっ」

大江の喚き声が響き渡り、外の小路に野次馬が集まり出していた。

「お上の御用だ。みんな失せろっ」

文彦が小路の野次馬を追い払った。

大江の剣幕に畏れ入った与五は、裸足のまま土間へ下り、踏みつけにされたままの勘弥の傍らへ肩をすぼめて跪いた。

大江は踏みつけた勘弥の顔を与五の方へ押しやり、

「勘弥を起こせ」

と、幾ぶん怒気を収めて与五に命じた。

与五に半身を助け起こされた勘弥は、土間を這って鼻眼鏡を探した。

与五が鼻眼鏡を拾って勘弥に渡した。

「親方、これ……」

勘弥が、うんうん、とつらそうに唇を歪め、鼻眼鏡をかけた。

大江は勘弥と与五の前にかがんだ。そうして十手で勘弥の顎を持ち上げた。頰のみみず腫れが痛々しげだった。

「勘弥、てめえ、お上を舐めくさってからに、ただじゃすまさねえぜ」

十手の先が勘弥の顎を突き上げ、勘弥は顔をそむけた。

大江は勘弥が顔をそむけるのを逃がさず、十手の先を肉の厚い頰へ押しつけた。

「旦那、ご勘弁を」

隣の与五がかばった。

途端、大江の十手が与五のこめかみを打った。

「あ痛たたた……」

「てめえはこっちが訊くまで黙ってろ」

そう言って、今度は勘弥の額に十手を打ちあてた。

勘弥は顔をくしゃくしゃにして痛みを堪えた。

「てめえ、羊太って野郎の居どころをつかんでいたそうじゃねえか。しかもだいぶ前によ。羊太って野郎は深川の元浮浪児で世直党の仲間だと、おれがてめえに教えた話だな。おれが探れって。よお、違うかい。なぜおれに知らせなかった。よお、なぜ知らせなかったんだよお」

「へえ」

勘弥はくしゃくしゃの顔をうな垂れさせた。

「よお。応えろ、勘弥」

大江は十手を勘弥の月代（さかやき）へ、こん、こん、こん……と、打ち続けた。

勘弥は頭を両掌で覆ったが、大江はかまわず勘弥の指を打ち続けた。

「ええ、聞こえねえぜ」

勘弥は痛みに耐えかね、掌（てのひら）を上に向けて頭を覆った。

「ぜんぶ、全部ちゃんとわかってから、旦那に、お知らせするつもりで……」

「てめえ、ふざけたことぬかしやがって」

大江の十手が、勘弥の単（ひとえ）の裾が割れて投げ出した肉づきのいい白い膝小僧を、したたかに打ち据えた。

かあん、と音が鳴り勘弥が悲鳴を上げた。

身体を折り曲げ膝小僧を押さえ、「痛い、痛い……」と、童子のように泣き始めた。

「てめえ、羊太が根津で見かけられたことを隠していやがったな。誰の差し金でえ。こいつあ隠密にって、言ったろう。お上の大事な隠密種を、誰に幾らで売った。羊太って野郎の居どころと、どういう経緯（いきさつ）で誰に売ったか、とっとと白状しやがれ。でねえと、次はこっちの足だぜ」

大江は十手の先を勘弥のもう一方の太腿（ふともも）に押しつけた。

勘弥は膝小僧の痛みにもがくばかりで、まだ応えられなかった。

「おい、与五、てめえ、勘弥の指図で仙台へ旅したそうだな。読売屋が仙台くんだりまで、何をしにいった。よお？」

と、打たれたこめかみを押さえている与五の顎を、突き上げた。

「へえ、あっしは、親方に調べてこいって言われやして、へえ」

「だから何を調べにいったんだよ」

ぐっと顎を突き上げた。

「痛てて。で、ですから、あっしは、三十年くれえ前の、赤ん坊の身元を探りに、仙台へいったんでやす」

「三十年くれえ前の赤ん坊の身元？　そいつあもしかしたら、小岩の江次郎のところから逃げ出した浮浪児の身元かあ」

「た、たぶん、そうだと思いやす」

大江は十手を勘弥の首筋へ打ちあてた。

「勘弥、てめえ、よくもやってくれたな。これで世直党の捕縛に縮尻(しくじ)ったら、この花田屋は跡形もなくぶっ潰してやるぜ。覚えとけ」

勘弥は神妙に小首を投げた。

「そんな目に遭いたくねえだろう。だからよ、てめえが調べた事の次第の要点を今ここでとっとと話せ。まずは、誰の差し金でこんなことをした。そっからだ」

勘弥は前土間にどっかと腰を落とし、投げ出した素足の膝小僧をさすりながら、ぼそりぼそりと話し始めた。

傍らにかがんだ大江は、勘弥へ耳を傾け、とき折り、小首を傾(かし)げたり頷いたりした。

隣の与五はこめかみを押さえてうずくまり、店の間の男らも事が収まるのを待ってひとりとして動かなかった。

文彦は勘弥と与五の後ろに片膝をつき、大江と勘弥の話が続く間、花田屋の男らへ赤ら顔の睨みを効かせている。

長くはかからなかった。

「よし。子細は番所で改めて訊く」

と、大江が身体を起こした。

「文彦、勘弥と与五を番所へ連れていけ」

「へい。てめえら、立て」

文彦は二人の背中を、乱暴に突いた。

「それから、おめえの手下をなるたけ集めて、根津門前の中坂横町の五木屋という料理茶屋を表裏、周辺を固めて捕り方が出役するまでしっかり見張れ。ただし、五木屋の者に勘づかれるんじゃねえぞ。おめえは目だつからな。気をつけろ」

「承知しやした。旦那はこれから?」

「おれはこいつらの話の子細をつめて、新川の伊坂屋にあたることになるかもしれねえ。相手は大店の陸奥笠原家御用達商人だ。面白え成りゆきになってきた」

大江は丸い猫背をゆすって勘弥へひと睨みを投げ、朱房がそよぐ十手をいわくありげに肩で鳴らした。

三

日が暮れて、北町奉行所は騒然とした気配に包まれていた。

表門は閉じられているが、広い式台のある玄関までの前庭にはかがり火が盛んに焚かれ、御用提灯を手に手に、大槌や縄束、梯子、捕物道具を携えた奉行所雇いの中間小者などの捕り方が拵えができ次第、玄関前へ集結していた。

やがて、内座之間で奉行が当番方の与力同心らへ執り行う捕物出役の儀式をすませ、与力同心が一斉に玄関から出てきた。

みな押し黙っているものの、数十名もの捕り方が踏み締める敷石や小砂利がざくざくと鳴り、昂ぶる吐息が熱気をたちのぼらせていた。

天保十年のその夜、ときの北町奉行大草能登守高好が玄関に立ち、捕り方らの武運を祈って「いけっ」と命じた。

門番人によって表門が八の字に開かれ、指揮を執る与力を先頭に捕り方は黙々と門外へと出てゆく。

門外には与力同心の手先や手の者らが控え、捕り方の一団に従うのである。

今夜の捕物は相手が天保世直党のため、鉄砲を五丁備えた物々しさだった。

南町奉行所からも捕り方が出役する。南町の捕り方とは筋違御門外で合流し、根津へ向かう手筈である。

その一隊に加わった同心・青木慎太郎は、天保世直党への雪辱に燃えていた。

始まりは去年秋の初め、河岸八町米仲買商行事役・蓬萊屋、白石屋、山福屋、の身代金目あてのかどわかしだった。

吾妻橋より上流の隅田川での人質と身代金交換の場で捕えるもくろみが、世直党の巧みな策にしてやられ、身代金は奪われ捕え損ねた。

二度目は南茅場町の大番屋で、世直党のひとりを捕え訊問のさ中、白昼、大胆にも奪いかえしにきた一味の襲撃に青木らは大混乱に見舞われ、捕えた男を奪われる為体だった。

そうしてこの春一月、芝の蘭医・松井万庵を小塚原の刑場へ護送中、万庵を奪いかえすための世直党の襲撃を推量し備えていたにもかかわらず、万庵の奪取はかろうじてまぬがれたものの、青木ら町方は一味の襲撃を受け手痛い目に遭わされた。

その折り青木は、翁の仮面をつけた賊に肩へ峰打ちを喰い、昏倒した。

未だかすかに残る肩の痛みが、青木の執念をたぎらせるのだった。

とうとうこのときがきた。三度までしてやられた。だが四度目はない。今夜こそ世直党の年貢の納めどきだ。

翁の仮面をおれの手で必ず剝いでやる——と、青木の気がはやった。

同じころ、大江勘句郎は根津門前町の中坂横町と裏通りの辻の軒下に身をひそませていた。

あたりはすっかり暮れたが、門前町の妓楼が並ぶ表通り、横町通り、裏通りのどこも未だ人通りが途絶えず、遣り手や若い者の呼びこみの声、張見世を物色していき交う嫖客、戯れる酔っ払いに、茶屋の座敷で鳴る三味線や鉦の音が賑やかだった。

人通りが途絶え町が静まるまで、まだ間がある。

大江は五木屋の暖簾のかかった格子の表戸を、辻の軒下に身を寄せ、さりげなく探っていた。むろん、同心の定服ではなく、町人風体の着流しに拵えている。

軒に下がった行灯に、五木屋、の文字が読める。

「こんなところにひそんでいやがったか。大胆な一味だ。なあ、文彦」

大江は後ろの文彦へふり向き、去年、大番屋で鬼に折られた歯並の黒い隙間を見せてにやついた。

「へえ。それももう今夜までで。いよいよでやすね、旦那」

文彦が太い腹をゆすって言った。

「まったくだ。この一年、よくもまあ荒らし廻りやがった。これまでの分を、たっぷり利息をつけてけえしてやるぜ」

大江は五木屋へ向きなおり、にやついた顔をいっそう歪め毒づいた。

考えれば考えるほど、世直党にしてやられた数々が忌々しかった。

たび重なる失態のため、御目付・鳥居耀蔵さまの信用をひどく損ねてしまった。

「今度こそ、ゆっくり痛めつけてやるぜ。ゆっくり、じっくりな」

大江は五木屋の表口を睨(にら)んで呟いた。

「これで鳥居の殿さまも、枕を高くして眠れやすね。旦那は大手柄だ。ひょっとしたら、旦那は与力にとりたてられるんじゃねえんでやすか」

「ふん、それはねえがな」

ともかく鳥居さまには面目がたつわな、と大江はほくそ笑んだ。

伊坂屋の方は今日は粉をかけただけで、「世直党の首領・斎乱之介(いつきらんのすけ)を捕えてから、じっくり調べ直してやるぜ」と考えていた。

そっちはそっちで陸奥笠原家五十九万五千石のお家にからんで、金になりそうな臭いがぷんぷんしていた。

読売屋の勘弥が欲に目がくらんだのも無理はねえ、と内心では思っていた。

五木屋の表戸の前をすぎた着流しの男が、横町と裏通りの辻へ近づいてきた。

辻を折れると、素早く文彦に並びかけ、大江に言った。

「店はなかなかの繁盛ぶりでさあ。ただ、近所の話じゃあ六十近いお栗(くり)という女将(おかみ)と仲居の若い女が、巣鴨(すがも)の真性寺(しんしょうじ)へ六地蔵詣でに今日の昼間、出かけたそうで」

「六地蔵詣で？　商売をほったらかしてか」

「へえ。なんでも昨夜真夜中、酔っ払いの侍の何人かが五木屋で大暴れをして、店が壊されたりしたから、その縁起直しとかで。今夜は駒込の親類の家に泊まるから戻らねえそうで」

大江は舌打ちをした。

「お栗ってえ女将がお杉に違いねえ。もうひとりの若い仲居は、たぶん寺坂とかいう儒者の娘だろう。しょうがねえ。どうせ女らは雑魚だ。あとでどうとでもなる。ほかのやつらはどうだ」

「へえ。若い衆の二人がちょいと使いで出かけているようで、そのうち戻ってきやしょう。とにかく今は、権三という板前と支配人の信吉が二人てんてこ舞いで客をさばいているようでやす。繁盛つってもちっちゃな料理茶屋なんで、大料亭みたいに客が多いわけじゃねえんで」

「それでも二人でか？　妙だな……」

大江はちょっといやな気がした。

五木屋の客が退けて店じまいする四ツ、捕り方が踏みこむ手筈だった。

華々しくやってやる、と思っていたのに、なぜ今夜に限って全員そろっていない、と大江は訝(いぶか)った。

「文彦、裏の見張りは手抜かりねえだろうな」

「大丈夫でさあ、旦那。あっしの十手を預けた留松(とめまつ)が見張ってまさあ。留松はあっしの一の手下だ。抜かりはありやせん」

「ふん。おめえの十手をかい」

手先の十手は殆(ほとん)どが自前である。それを持つのも、町方の旦那の許しが要(い)った。

「板前の権三が首領の斎乱之介でやす。背がすらっと高くていい男だと、界隈じゃ評判らしいですぜ。それから支配人とかいう信吉が、浮浪児だった代助羊太(だいすけようた)兄弟の兄きの代助の方でやす。代助は餓鬼のときからちょいと反っ歯(そっぱ)だった。あっしは代助の顔は覚えてねえが、野郎の反っ歯は忘れねえ。それは今も変わらねえそうで。頭さえ押さえりゃあ世直党は潰れる。そうでやしょう。うふふ……」

文彦が腹をゆすって笑った。

「うん。頭さえ押さえりゃあな」

大江は応え、五木屋の表口を見やった。

「ありがとうございました。またのお越しを」

三人ばかりの客が表口へ賑やかに出てきて、前垂れをつけた男が客を見送った。

まだ人通りが続き、遠くで三味線の音が流れている。

「あの顔、見覚えがあるぜ」

大江が言い、

「へえ。あの野郎が代助に違えねえ」

と、文彦がささやいた。

代助らしき男が裏通りを見廻し、それから軒にかけた暖簾をしまった。

夜の五ツ（午後八時）を四半刻（三十分）ばかり廻ったころだった。

「あ、もう店じまいをしやがる」

文彦が大江の後ろから頭ごしに言った。

くそ、妙だな――と、大江は訝った。


乱之介がまだ残っている客の料理を拵えながら、皿や碗や鉢の洗い物と片づけを大わらわになってやっている調理場へ、代助が表口の暖簾を提げて入ってきた。

「乱さん、五木屋最後の日の暖簾を入れたぜ」

「ああ。わずか三ヵ月足らずだが、面白かった」

「おれもだよ。客商売がこんなに面白いとは思わなかった」

乱之介と代助は顔を見合わせ、思わず笑った。

「乱さん、洗い物はおれがする。まだ客が二組残っているから、そっちの料理を片づけてくれ。水を汲んでくる」

代助が水瓶（みずがめ）のそばの桶をとった。

「うん、頼む。それとな、兄さん。裏木戸の外を妙に人が通るんだ。どうやら、うちの様子を探っているみたいだ。それとなく見てくれないか」

乱之介が洗い物の手を止めず、流し場の上の明かりとりの格子ごしに暗い裏庭の方を見やった。

「え？　そうかい。じつはな、夕刻ごろ窓の外に文彦を見たような気がしたんだ。腹をゆすって通りを折れるところを、ちらっと見ただけだから確かじゃないんだが」

「昨夜の侍たちがどういう手だてでか、ここをかぎつけた。町方がきてもおかしくない。いよいよかな、兄さん」

乱之介が言い、代助は頷いた。

五ツ半、最後の二組の客が退（ひ）けたが、五木屋の表の板戸は閉められず、軒行灯も消えなかった。

二階の客座敷にも一階のどの部屋にも、行灯の灯が明るく灯っていた。

中坂横町の裏通りは、人通りがまばらになっていた。

呼びこみの若い者が、「そろそろしまいだな」と、妓楼に入る刻限だった。

界隈が次第に静まりつつある五ツ半、五木屋の裏木戸がそっと開いた。

裏木戸に立った人影が路地の前後の様子をうかがい、夜陰にまぎれて路地へ出た。

影はひとつで、反対側の武家屋敷の土塀沿いを身をかがめて足音を忍ばせ、すべるように伝っていった。

裏木戸より十数間先の路地が四辻になっていて、その角に文彦の手下が二人、五木屋の裏木戸を見張っていた。

二人が明るいうちから見張りについて二刻半、裏木戸に人の出てくる様子はなく、だいぶときがたって少しばかりだれていた。

町奉行所の捕り方が五木屋へ踏みこむのは店じまいのあとの夜四ツ、客が退けて店表の通りも静まってからという手筈だった。

店に客が残っていたり表の人通りが多いと、捕り方の動きに不測の事態が生じる恐れがある。これまでの何度かの失敗で、捕り方は慎重になっていた。

見張りの二人は、ほどなく捕り方が町内に到着するだろうから、そうなれば一味は袋の鼠（ねずみ）同然と、気がゆるんでいた。

「ふああ……疲れたなあ、兄き」

見張りのひとりが兄きの留松にあくびを堪えて言い、

「あともうちょっとの我慢だ。これが終わったらみなで一杯やろうぜ」

と、留松は路地の先の暗がりを漫然と見張りながら応えた。

「腹も減ったし、つまんねえし、早く捕り方がこねえかな」

男はあくびを堪えて涙目になった目をこすり、裏木戸の方を見なおした。

そのとき、裏木戸が鈍くくぐもった音をたてた。

「あ、兄き、誰か出てきたぜ」

人影が路地へ出てきて、四辻の方へ近づいてくるのを認めた。

「ど、どうする」

「ひとりだな」

「う、うん、ひとりだ」

「ひとりなら、おれたちでふん縛ろう。手柄をたてるぜ。手に余ったらおめえ、呼子を鳴らせ。いいな」

留松は、文彦親分に「持ってろ」と渡された親分自前の十手を腰から抜いた。

「わわ、わかった」

ひとりは裾端折り（すそはしょり）の帯に差していた棒を抜いた。

留松は十手をにぎって腕まくりをした。

二人は四辻のすぐわきの土塀の下にうずくまっている先に裏木戸を出ていた影に気づかず、路地を歩んでくる人影しか見ていなかった。留松が路地へ出て、

「おい、そこの。待て」

と声をかけた。

そのときだった。

いきなり目の前に人影が幽霊みたいに足下より湧き上がった。

留松の喉首に、冷たい刃がひたとあてられた。

喉首に鋭くかすかな痛みが走った。

叫びそうになった口を掌でふさがれ、背中を土塀へいきなり押しつけられた。

「声をたてるな。喉（のど）を引き斬るぞ」

低く不気味な声が言った。

幽霊は背が高く獰猛（どうもう）な青白く燃える目が睨み下ろし、留松は震え上がった。

かすかな痛みが逆に恐怖をかきたて、懸命に頷いた。

続いて路地へ出た男は、すぐ目の前に煙のように沸（わ）き上がった人影に気づき、一瞬

唖然とした。慌てて呼子をつかみ咥えた。

その口元に飛んできた石飛礫が、男の咥えた呼子をはじき落とした。

「あつぅぅ」

男は口元を押さえ、一歩よろけた。

落とした呼子を探したとき、またひとつ、石飛礫が今度は鼻のわきにはじけた。

男は堪らず顔をそむけた。そうして路地の板塀に凭れ腰を落として坐りこみ、あまりの痛みにうめいた。

四

手筈通り夜四ツ、南北町方の捕り方が料理茶屋・五木屋の周囲をとり囲んだ。

通りの表側は北町、からめ手の裏木戸のある路地側は南町が受け持ち、両町方の御用提灯が通りと路地に明々と掲げられ、五木屋の二階建物を漆黒の夜空の下に隈なく映し出した。

周りの妓楼や茶屋、お店の住人や使用人、嫖客らが物陰や建物の中にひそみ、すぐに始まりそうな捕物の様子を見守っていた。

青木慎太郎は勢ぞろいした御用提灯の中の真ん中に位置を占め、真っ先に踏みこむ態勢だった。

指図の与力がころを見計らい、「踏みこめ」と指図した。

呼子が一斉に吹き鳴らされた。

青木は桐格子の表戸へ走り、

「天保世直党、お上の御用だっ」

と、ひと声叫んで格子戸を勢いよく蹴り破った。

ひと蹴りで破れて倒れかかった格子戸へ体当たりし、店土間へ飛びこんだ。

「わあああ……」

青木に続いて捕物の得物(えもの)を手にした捕り方が雪崩(なだれ)を打って突入した。

建物の中は土間にも部屋ごとにも行灯が灯ったままのため、隅々まで見渡せた。

土間から板敷、内証、勝手の土間と台所、部屋から部屋、二階へ駆け上がる一隊の踏み荒す振動が、五木屋のみならず両隣の店や妓楼まで震わせた。

御用だ、御用だ、と雪崩れこんだ捕り方の声が交錯し、外では吹き鳴らす呼子が夏の夜空を引き裂いていた。

裏木戸を蹴り破った南町の一隊は、裏庭にあふれ、濡れ縁の障子、勝手口の腰高障子を打ち毀して屋内へ突入した。

畳を上げて床下、天井を破って屋根裏、押入、雪隠、井戸の中、さらには瓦屋根にまで捕り方は上がり、提灯を高らかにかざして一味の影を追った。

着物や布団、鍋釜茶碗や瓶に桶、箪笥に行李、屏風の諸道具はそのままで、台所土間に並んだ竈は火が落とされていたものの、先ほどまで使っていたのがわかるほど熱かった。

捕り方たちが隈なく家探しを繰り広げ、障子はぼろぼろに破れ、襖は倒れ、帳簿、そろばん、五木屋の暖簾が放り出され、家中がずたずたに荒された。

だが、五木屋は裏通りの小ぢんまりとした料理茶屋である。

たちまち調べがつくされ、踏みこんだ捕り方らの喚声や怒声が収まり熱気がさめていくのに、さしたるときはかからなかった。

指揮を執る南北町方の与力に従って、大江と文彦らが土間に入ってきた。

捕り方たちは早やすることがなく、家中から裏庭のそこここに四、五人ずつ、あるいは路地に固まって、次の指図を待っていた。

「終わったか」

与力は店土間に続く勝手口の土間へ踏み入り声をかけたが、うん？　と首をかしげ、周囲の捕り方たちを見廻した。

青木は勝手口の柱へ腕組みをして凭れ、不機嫌そうに口をへの字に結んでいた。

赤房の十手は、同心捕り方装束の腰を虚しげに飾っている。

「この者らが、天保世直党の一味らだな」

何も知らない指揮の与力が、周りに屯している捕り方らを見廻して言った。

捕り方らはどうも違うらしいとは思うものの、事情がわからず、与力の問いにざわめいたばかりだった。

その土間の真ん中には、猿ぐつわを咬まされ背中合わせに縛られた男二人が、胡坐に坐らされ、面目なさそうにうな垂れていた。

「ああ、と、留松っ」

と叫んだのは、大江勘句郎の後ろに従っていた文彦だった。

捕り方や与力や大江が、一斉に文彦へふり向いた。

文彦は丸い腹をゆすって、勝手の土間へ騒々しく雪駄を鳴らし、留松と若い手下の傍らに片膝をついた。留松の猿ぐつわをとき、

「どういうこった、こいつあ」

と、野太い声を土間に震わせた。

「すいやせん、親分。面目ねえ」

猿ぐつわをほどいても、留松は合わせる顔がねえと萎れ、今にも泣き出しそうな声を上げた。

「おめえ、もも、もしや、賊に逃げられたってえのか」

へえ……とうな垂れた。

「馬鹿野郎っ」

文彦はひと声、怒声を発して留松の頰を肉づきのいい掌で張り上げた。

かえす手の甲を、まだ猿ぐつわのままの若い手下に喰らわせた。

「てめえ、役たたずがっ」

青木が腕組みをほどき、お手上げで、というふうに与力へ両手を広げて見せた。

「ご覧の通り、この両名をのぞいて家の中に人は残っておりません。着物類、家財道具、米櫃の米、味噌醬油酢、砂糖に酒、全部残したまま、逃亡を計ったようで。竈の湯鍋には、まだぬるい湯が残っております。そうそう、ただ今のところ、金は一文も出てきてはおりません」

同心の青木が言うのを聞いて、文彦は頰のたるんだ顔を呆然とさせ、大江へふり向けた。大江も呆然と佇み、言葉を失っていた。

「ぐふ。うむむ……」

と、指揮の与力が顔をしかめてうなった。

「何やら、妙な具合の展開のようですな」

森安郷(もりやすさと)が隣の甘粕孝康(あまかすたかやす)へ言った。

「ふむ。どうやら、町方が踏みこむ前に逃げていたか」

孝康が野次馬の頭ごしに、五木屋の表口を見やって言った。

人通りの少ない刻限にもかかわらず、五木屋がある裏通りに町内の住人や妓楼の客などが押し寄せごったがえし、六尺棒を持った宮番所の町役人が、五木屋に近づかぬよう野次馬を押しかえしていた。

孝康と森は、中坂横町を裏通りへ折れる辻に集まった野次馬の中にいた。

「だとすれば、町方の動きをいつつかんだのかはわかりませんが、逃げ足の速いことですな」

「大したものだと、森は言いたいか」

孝康が森を横目に見て、おかしそうに言った。

「とんでもありません。惜しいところをとり逃したと思っておりますよ」

「惜しいかもしれぬが、あの男が一枚上手なのだな」

「どうでしょう。ただ確かに、乱之介は子供のころから機転の利く敏捷な男でした」

「われらに町方の捕物の知らせが入ってきたのは夕刻だった。乱之介らの動きは、われらより早く町方の踏みこみに備えていたふうにすら見える」

「町方にかぎつけられた、というような前触れがあったのですかな」

孝康は応えられなかった。

夕刻、御小人目付衆が、本日、町方によって天保世直党のねぐらが根津門前町に見つけだされ今夕のうちに踏みこむとの内情を、御小人目付頭の森へもたらした。

森はその知らせを、即座に三年坂甘粕邸の孝康に伝えた。

孝康は森とともに根津門前町へ夜道を急ぎつつ、根津にひそんでいたか、と思う一方で、町方にあの男を捕えられるのか、と半信半疑だった。

孝康の疑心は的中した。

町方の急な動きが始まって、わずか半日の間のことだ。その急な展開に、乱之介率いる世直党は即応した、と考えざるを得なかった。

一方、町方のこの始末を意外に思えなかった。

どんな要因、前触れがあったにせよ、あの男の読みや応変の素早さ、大胆さと周到さに「敵わぬ」と、孝康は思うのだった。

むしろ、この顚末に安堵を覚えている自分が孝康は後ろめたかった。

周りの野次馬の間からざわめきが起こった。

五木屋に踏みこんだ捕り方が、店から出てきたからである。

陣笠の与力を先頭に、五木屋をとり囲んだときの勢いと熱気は失せ、捕り方らの消沈した足どりは、間が抜けて見えた。

野次馬のざわめきは、日ごろ偉そうな町方の首尾の悪さへの、皮肉やらひやかしやら、中には嘲笑もまじっていた。

そんな野次馬の中に、町方の不首尾を冷ややかに眺めている二人連れがいた。

二人は根津の岡場所の嫖客らしきどこぞのお店の手代風袋で、手に畳提灯を提げ、手拭を頰かむりにし顔を隠していた。

町方がすごすごと引き揚げ捕物騒ぎが一段落すると、野次馬が三々五々散り始め、二人の手代風袋は目配せを交わし、根津門前町の惣門の方へ戻っていった。

それからおよそ半刻と四半刻少々がたった真夜中、二人の手代風袋は霊岸島は新川の銀町の小路をたどっていた。

やがて銀町三丁目の一画まできて、夜の小路ではあっても念のため周囲を見渡し、それから路地奥に伊坂屋蝶三郎(ちょうざぶろう)の料亭がある引き違いの格子戸をくぐった。

どこか遠くの犬の長吠えが、物悲しく寂しげに、すでに眠りについた江戸の町に流れていた。

四之章　庚申塚

一

根津門前町の捕物騒ぎがあって数日がたった夏の夜、四谷御門外西念寺横町にある御小人目付頭・森安郷の住まいで、森は胸苦しい眠りから目覚めた。

不覚な。老いたか――と、森は暗闇の中で目を見開いた。

板塀を廻らした小屋敷の、寝所にあてている四畳半は濡れ縁の雨戸や障子を開け、夜の深い帳が下りた狭い庭には夏草の匂いがたちこめていた。

蚊帳は吊らず、蚊遣りを焚いて寝ていた。いつもそうする。

暗闇に薄らと浮かぶ天井へ、低い吐息をもらした。

咄嗟、床の中で身をかえし枕元の刀架けに手をのばした。が、

「お静かに。危害を加えたくはありませんので」

と、闇の中から男の声が言った。

刀架けに森の黒鞘の二刀はなかった。

首筋に冷たい刃が触れた。

「おお」

刃に沿って目を流した暗がりに人の気配があった。

人の気配の静かな呼吸が聞こえた。

影が静かに言った。

「刀を引いて、かまいませんか」

「うん。起きるぞ」

喉(のど)に触れていた刃がすっと引かれ、森は半身を起こした。

布団に端座し、刀を納めている影に言った。

「明かりをつけるか」

「いえ。森のおじさんの顔は十分にわかります」

乱之介は黒装束に身を固めていたが、仮面をつけていなかった。

「わたしにもおぬしの顔は見分けられる。斎権兵衛(いっきごんべえ)どのに鍛えられ、節制の方法を叩きこまれたからな。今でも若いころと変わらずに目が見える。ありがたいことだ」

森安郷が若き御小人目付衆だったころ、斎権兵衛が御小人目付頭だった。

権兵衛を組頭に、森らは御目付・甘粕克衛(あまかすかつもり)の配下にあった。すなわち、今の森が配下にある御目付・甘粕孝康(たかやす)の父親である。

権兵衛が深川の浮浪児だった六歳の乱之介をお杉から買い、弟子として、また倅(せがれ)として育てた歳月、森は乱之介を役目の頭であり師匠でもある権兵衛の子として敬い、ともに権兵衛に師事する弟弟子として慈(いつく)しんだ。

あのころ乱之介は森を、《森のおじさん》と呼んでいた。

乱之介が十六歳になるまでのあの十年の歳月はなんだったのかと、五十をすぎた近ごろ、森は思い出すことが多くなった。

斎権兵衛が亡くなり、森は権兵衛のあとの御小人目付頭に就いた。

そののち、屋敷替えになって浜町の東よりこの四谷御門外に移った。同じ小屋敷だが、住まいは少し広くなり禄(ろく)も増えた。

森は妻を娶(めと)らなかった。理由はない。おのれの役目を果たすことだけを考えて生きてきた。そうして五十一になった。しいて言えばそれが理由だ。

「茶を淹(い)れるか」

「夜陰にまぎれた不届きな侵入者です。茶の所望はいたしません」

「それもそうだ。おぬしにしてやられたのなら、仕方がない。無駄な抵抗はしない。だが刀はかえしてくれ」
十二、三のころから、乱之介の腕は森を凌駕し始めた。乱之介は、またたく間に森をはるかにしのぐ腕前になった。権兵衛は倅・乱之介を誇りに思っていた。そして森も乱之介を、わが弟子としてひそかに自慢に思っていた。
乱之介の影が、森の膝の前に二刀をおいた。

森は刀をそのままにして言った。

「春の向島以来、だな」

「甘粕孝康と森のおじさんらにはばまれ、父の敵・鳥居耀蔵を討ち損ねました」

「甘粕孝康さまは天保世直党の首領・斎乱之介を捕えることに、今なお執念を燃やしておられる」

「ふん、邪魔な男です」

孝康と乱之介が熾烈に剣を交えるあり様を思い出し、森の胸が躍った。

この春、向島の梅見に忍び歩きの鳥居耀蔵の一行を、乱之介たちが向島の野道に急襲したが、森は乱之介の襲撃を読んだ御目付・甘粕孝康に従い、それを阻止した。

去年秋、駒込吉祥寺における鳥居耀蔵襲撃に続く二度目である。

「根津に、ひそんでいたのだな」

「半年は隠れていたかったのですが、仕方がありません。次の策を……」

「鳥居耀蔵さまのお命を狙うためにか」

「たぶん。それ以外に江戸にいる理由はありません」

たぶん？　森は乱之介の物言いにかすかな不審を抱いた。

「町方が根津の五木屋を見つけたのは、踏みこんだ当日の昼すぎだった。捕り方の支度を進めて夜四ツに踏みこむまで半日足らず。町方の動きがなぜわかった。ひそかに知らせがあったのか」

ふ……。

乱之介は声をひそめて笑った。

「そのような者はおりません。偶然でした。あの前夜、五木屋が大勢の刺客たちに襲われたのです。押しこみ強盗の類(たぐい)ではなく、明らかに統制のとれた侍たちで、われらの始末を狙った襲撃でした」

「侍の刺客？　世直党が侍に狙われたのか」

「金で雇われた刺客と思われます。しかし刺客を雇った方も、われらのことを知りながらお上に訴え出なかった。間違いなく、お上につながりのない者の仕業です。再び襲撃される恐れがありました。それで夜が明けてから急いで尻尾を巻いたのです。その夜、町方が踏みこんできました。間一髪の差でした」

どういうことだ、と森は考えた。

「思いあたる者はいるのか」

「誰も」

そう応え、乱之介は短い沈黙をおいた。

「ただ、その二日前、新川の伊坂屋という下り酒問屋の主人が、五木屋の料理の評判を聞いた、と言ってわざわざ根津まで足を運んできました。伊坂屋主人より祝儀が店の者に配られ、礼を言うため座敷に出ました。その折り……」

「伊坂屋は知っている。霊岸島の豪商だ。別店や系列の店を幾つも従え、あの界隈の地主でもある」

「伊坂屋の主人は、侍の客を二人連れていて、侍のひとりが陸奥仙台城下において剣術道場を開いていると言っておりました」

仙台城下、と聞き森に不審が兆した。

乱之介の言う通りお上ではない。お上にそのような手のこんだ手だてをとる謂れがない。ならばもしや……

だが、森は何も言わなかった。それを自分が口にするのは、ひどく大それたふる舞いに思われた。

「侍と二、三言葉を交わしたさい、険しい気配に戸惑いを覚えたのです。ひたすら強くなるために剣術の鍛錬を重ねときを重ねてきた者だけが身にまとう、冷徹な凄みがひしひしと伝わってきたからです。不気味な、と言っていいくらいの侍でした。平静を装ってはいても、料理を味わいにきただけとは思えなかった」

乱之介の目が暗い部屋の中で鋭く光り、考えながら言った。

「それともうひとつ。所用で出かけた折り、やくざ風袋（ふうたい）の男らに因縁をつけられましてね。素手の乱闘になり、闘い方に慣れていたのと鍛えた身体つきが意外でした。そのとき、妙だなとは感じました。それから二日たった真夜中、刺客に襲われたのです。伊坂屋が連れてきた客の侍が気がかりです。あの侍の仕業という証拠はありません。それだけのことですが……」

伊坂屋を調べてみるか、と森は内心で呟（つぶや）いた。しかし、それも口にはせず、

「乱之介、おれに用があるのだろう」

と、さり気なく言った。

「三つあります」

森は頷いた。

「ひとつは、刺客は七体の亡骸を残して逃げ去りました」

「七体もか」

「はい。われら、町役人や町方の調べを受けるわけにはいかず、やむを得ず、その七体を五木屋の裏庭に埋めて隠さざるを得ませんでした。われらの命を狙った刺客とは言え、死はみな同じです。亡骸をあのままに捨てておくのは心苦しくてなりません。人らしき埋葬をしていただけませんか」

暗い部屋に端座した乱之介の影が、深く黙考しているかに見えた。蚊遣りを焚く臭いが、森と乱之介を隔てる暗がりを覆っていた。

「わかった。それは任せろ」

短い沈黙をおいて、乱之介は言った。

「今ひとつは、わたしの首をお上に差し出したい」

森は沈黙をかえした。障子戸を開けたままの濡れ縁の先の暗い庭にたちこめる、夏草の匂いが香げた。

「世直党の狙いはお上との戦です。わたしがお上に叛き、戦を仕かけた首領です。この戦を終わらせるため、わたしの首を差し出します」

沈黙が続いた。胸が高くときめいた。

馬鹿なことを言うな。

なぜか森は思った。唾（つば）を飲みこみ、喉が鳴った。

「米河岸の打ち毀（うちこわ）しから足かけ十三年。打ち毀しを鎮（しず）める一隊に、父の手先として従ったあのとき、わたしは十六歳でした。父とわたしが伊賀組と争ったのは、伊賀組の打ち毀しの中にいた女子供や年寄りへの容赦ないふる舞いが見すごせなかった。だから止めに入った。それだけでした。だが、父は鳥居耀蔵や米仲買商らに打ち毀しを指図したと濡れ衣を着せられ打ち首になり、わたしは江戸追放になった」

あのとき自分が斎権兵衛と一緒にいたなら自分も生きてはいないのだな、と森は考えた。

「さらにお上は打ち毀しを、父が指図した白昼堂々の米問屋への押しこみ強盗と伝え広め、打ち毀しなどなかったと隠ぺいした。森のおじさん、わたしは誓ったのです。偽りを言い、罪なき者を罪に落とし、命を奪った米仲買商らに恨みを晴らし、鳥居耀蔵を討ち、お上に叛くと。それがお上に仕かけたわたしの戦だと。わたしは戦わなければならないのだと」

森は胸がゆさぶられるのを覚え、息苦しさを覚えた。

「ですが今、わたしはわたしが仕かけた戦をやめたいのです。いっさいの恨みを捨て、憎しみを捨て、怒りを捨て、お上に仕かけた戦を終わらせたいのです。そのためにわたしの首が必要だと、考えた末です」

「父親の敵を許すのか。お上の偽りを忘れるのか」

「森のおじさん、忘れはしません。ただ、捨てるのです」

森は息苦しさを吐き出した。

「おぬしのふる舞いを、斎権兵衛がよしとすると思うのか」

「父なら、わたしがそう望むならそうせよ、と言うでしょう。お上との戦を始めた日から、いつかはこういうときがくると思っていました」

「馬鹿な」

思わず言った。

森は暗がりを透かし、乱之介が笑みを浮かべて言うのを見た。

「ただし、わが首を差し出す代わりに、ひとつ、約束をしてほしいのです」

「約束……」

「わたしが首を差し出し、仕かけた戦が終われば、天保世直党は消えます。わたしひとりが天保世直党とともに消え、お上の面目はたち、生き残る者すべてに罪はなく、誰も咎められることなく、空を飛ぶ鳥のように自由に生き続けるのです。それを承知すると、約束してもらいたい」

　森の唇が震えた。

「すべてはお上の偽りから始まった。それを終わらせる。そのためにわが首ひとつが役だつなら、三十年のときはみじめではなかった。三十年の長さは意味があった。そう思いませんか、森のおじさん」

　森は応えられなかった。

　自分ごときが、この男に何を言うことがある。自分ごときにどんな言葉がある。

「仲間を、救いたいのか」

　ようやくそれだけが言えた。

「みな、わたしの生き方についてきてくれた。みなわたしとともにおのれの命を顧みず、わたしの敵を敵としてよく戦ってくれた。もう十分です。お上との戦で死ぬのは、わたしひとりでいい。わたしにはこの戦で倒れる定めに意味があった。だがそれは、生き続ける定めのみなの命の意味とは違う。森のおじさん、潮どきです」

　森は額へ手をあてて考えた。

自分ごとき者がこの男にできることなどないのだと、森はそのとき気づいた。

「お頭に、訊いてみる」

「甘粕孝康ですね。あの男にそれができますか」

「お頭は約束をしたことは命を懸けて守るお方だ。それは確かだ。お頭は侍だ」

「いいでしょう。甘粕のよき返事を待ちます」

「知らせは、どのようにする」

「わたしが会いにきます」

「よかろう。だが、こんな会い方はしたくない」

乱之介の笑みがまた見えた。

「それと、次に会うときまでに新川の伊坂屋の事情を調べておく。伊坂屋の客になっている仙台の侍が、もしもおぬしらを襲った刺客の一味だったとしたら、狙いはなんなのかをな。侍らに刺客などの無法なふる舞いの証拠があれば、町方に捕えさせることもできなくはない」

「森のおじさん。子供のころのわたしには、あなたは父と同じくらいに敬っていた森のおじさんでした。どうぞ、刀をしまってください」

乱之介の長い手が暗がりから差し出され、膝の前においたままの二刀を指した。

森は二刀を枕元の刀架けにかけた束の間、乱之介から目をそらした。

向き直ったとき、乱之介の姿は消えていた。

坐っていた畳に、乱之介のぬくもりと白紙の金の包みが残されていた。倒した刺客らを埋葬する金だとわかった。

「律儀に生き、律儀に死んでいくのか、乱之介」

暗がりの中で呟いた。

涙がこみあげた。

乱之介、生きよ、おれが代わりに死んでやる、と森は思った。

二

夏の午後、霊岸島は大名屋敷の中屋敷の練塀と入り堀をはさんだ銀町三丁目の、伊坂屋蝶三郎が営む高級料亭の河岸場に、川船が着いた。

川船は、山岡頭巾で顔を隠し、寛いではいるが仕たてのいい黒絽の羽織姿の侍二名のほかに供侍数名を乗せており、伊坂屋主人の蝶三郎と手代ら、それに総髪に髷を結んだ浪人風の二人の侍が船を迎えるため、河岸場の石段の下に立っていた。

船から上がった一行は蝶三郎の案内で、石段を五段ばかり上がった引き違いの桐格子戸の板屋根門をくぐった。

そうして、松の植木や石灯籠、錦鯉を泳がせた池や置石など手入れのいき届いた庭の、庭石を踏んで瀟洒な料亭二階家の背戸口へ消えた。

伊坂屋の料亭へ消えた一行の様子を、一町近く離れた銀町一丁目の入り堀に浮かんだ船で荷を調べているふうな手代風袋の男が二人、横目でうかがっていた。

手代風袋は目配せを交わし、ひとりが「ようやく現れたな」と言った。

「間違いない。笠原家江戸家老の桧垣京左衛門だ。もうひとりはおそらく、側近の田村蔵六だろう」

「迎えに浪人風袋の二人がいたな。あれが仙台からきた雷電組か」

「たぶんそうだ。ひとりが頭の来栖。もうひとりが原と思われる」

「来栖兵庫は相当の腕前らしいな」

「陸奥一の使い手と知られている。雷電組を率いる頭だ。顔色ひとつ変えず、人を一刀の下に斬ると聞いた。恐ろしい」

「おれは桧垣が伊坂屋にお忍びで現れたことを一旦、森さまに報告してくる。雷電組の伊坂屋逗留と桧垣のかかわりはこれで明らかだ」

「おれはこのまま、雷電組の見張りを続ける」

「ふむ。ではのちほど」

ひとりが船から上がり、渡し板を鳴らして一丁目の土手蔵が並ぶ河岸場へ消えた。

一方、伊坂屋の料亭の二階の一室では、黒絽の羽織を着けた陸奥笠原家江戸家老・桧垣京左衛門、番方頭の田村蔵六、雷電組頭・来栖兵庫、頭取・原大二郎、伊坂屋主人の蝶三郎、そして木挽町の読売花田屋の勘弥の六人が会していた。

勘弥の頬には、みみず腫れはだいぶ癒えたが、青黒く残った十手の殴打の跡が痛々しげな筋を引いていた。

酒も料理もなく、六人の前におかれているのは茶碗のみだった。

桧垣は部屋へ入って山岡頭巾をとっていたが、むつかしい顔つきで何も言わず、田村が来栖らとの受け答えをした。

二階の部屋の出格子窓より、料亭の庭と海鼠壁、入り堀をはさんだ大名屋敷が気持ちよく眺められた。

「……よって、来栖とわたしに残りの八名で十名。ですがひとりはこうむった痛手が癒えておりませんので、戦える者は総勢九名。仙台より留守番の若い門弟らを呼び寄せることはできますが、あの者らは未熟ゆえに残してきた者。斬り合いに役にたつとは思えない。われら九名でやるしかありません」

来栖の隣の原が、京左衛門へ膝を向けて言った。

「九名で、できるのか」

田村が不服を隠さず、眉間へ皺を寄せた。

「相手は道場の稽古ではなく、実戦に馴れた六名です。一気に討ちとるのはむつかしい。後詰に三名はほしいところですが、手がないのですから仕方がありません」

「六名と言っても女が二人。そのうちのひとりは斬り合いに加わるとも思えぬ年寄りなのだろう。あとは元鯨捕りだった大男に浮浪児だった兄弟。まともに戦える侍らしき者は乱之介なるわれらが目あての男ひとりだ。いかに実戦に馴れているとは言え、そんな者らにこれほどやられるとは、なんたる様だ」

原が頬を歪め、田村を睨んだ。

「下調べの折りに、乱之介なる男が尋常な使い手ではないことは、わかっておりました。ただ、あれほどまでにやるとは思っていなかった。乱之助ひとりに五人が倒された。われらの不覚です。しかし、次はやり遂げます。ご心配なく」

「そうでないと困る。なんのために雷電組が存在しておる。なすべきことをなさぬのなら、雷電組はお払い箱だ」

田村が言うのを聞いて、来栖が目を上げた。

「田村さん、あなたは若い。都合のいいことだけを申されるな」

と、平然と言った。

「われらは三十年近く前より桧垣鉄舟さまのお指図で国の政をお助けいたしてきたと自負しております。三十年近く前、あなたはまだ十歳にも満たぬ童子でしたろう。すべてが思う通りに進んで今があるわけではありません。不都合な事態を乗りこえたからこそ、今のあなたはぬくぬくとしておられるのだ。誰があなたのその立場を用意したと思われますか」

田村の表情が怯んだ。唇を咬み締め、顔をそむけた。

「御家老、いずれはお父上の跡を継がれ桧垣派の領袖にたたれ、国の政をとられるお立場に障りになる芽は、われら雷電組が必ず摘みとります。このたびは組の者を七名失いましたが、勝敗は兵家の常です。何とぞご懸念なく」

来栖は田村から桧垣へ膝を向け、頭を垂れた。

「町方がおぬしらの出府に気づいた」

それまで黙っていた桧垣が、口を開いた。桧垣は下座にうな垂れている勘弥へ、

「花田屋、そうであったな」

と言葉を投げた。

勘弥が畏まって頭を垂れた。

「笠原家は表向き、おぬしらといっさいかかわりはない。だが、おぬしらのことは、内々に御老中の水野さまに話をつけた。そのために相当の金を使うたが。町方の心配はいらん。速やかに事をなせ」

桧垣が言った。

「町方は今、御目付の鳥居さまの指図で蘭学者のとり締まりに躍起になっている。それ以外のことにはかまっていられぬふうなのだ」

田村が桧垣の言葉を継いだ。

「花田屋、世直党が逃れた先の調べは、その後どうだ」

勘弥は首をかしげ、頬の疵に指先を触れた。

「何しろあれ以来、町方の監視の目が厳しゅうございまして、一味がどこへ姿をくらましたのか、未だ調べはついておりません」

「御家老が申された通り、町方の目を気にする必要はない」

「はあ……そうは申されましても、町方にも表向きの顔と裏向きの顔がございましてねえ。恐ろしいのは、裏向きの顔の方なのでございます」

「花田屋、このたびの始末がつけば花田屋の働きは小さくない。何か不都合があってもわが笠原家がおまえの面倒を見ると、御家老も申されたであろう。ときが惜しいのだ。早急に頼むぞ」

するると、伊坂屋の蝶三郎が田村に言った。

「急(せ)いては事を仕損ずると申します。このたびの失敗を踏まえて、入念に備えるべきと思うのですが、急ぐ事情でも……」

田村が桧垣へ目配せをした。

「いずれは知れることだが、今はまだここだけのことにせよ」

と、桧垣が言った。

「殿がお倒れになられた。お身体が思わしくないのだ。殿の御身に万が一の事が起これば、家中に大きな動きが様々に起こることが推量される。殊(こと)に、江戸上屋敷において青葉会の動きに用心をせねばならぬ。先々代の笠原家御本家の直系のお血筋が存命とあらば、憂慮(ゆうりょ)すべき火種になる」

「なるほど。さようでございましたか」

伊坂屋は来栖と原へ向き、身をかがめた。

「わが商いにおきましても、商いだけのもめ事ではなく、妬(ねた)み、嫉(そね)み、恨(うら)み、がからんだもめ事がないとは申せません。そういう場合、腕のたつお侍さまに間に入っていただくことも、希にございます。雷電組のみなさまのご助勢に、そういうお侍さま方をお頼みするという手だてはいかがでございましょう」

原が、どうだ？　というふうに来栖へ見かえった。

「いや。われらの仕事に素性の知れぬ余人を交えるのはよくない。腕がたちさえすればいいというのではない。これは国事だ。相応の人物でなければ。田村さん、江戸勤番で腕のたつ者にお心あたりはありませんか。あと三名いれば……」

四谷御門外の御小人目付頭・森安郷の小屋敷に賊が忍びこんだ夜から数日がすぎた夕刻、根津宮永町の女郎屋の長暖簾を、羊太と惣吉がくぐった。

二人は頰かむりで顔を隠し、背中を曲げて目を伏せていたが、大男とやや小柄な男の二人連れを遣り手がすぐに気づいて大声で迎えた。

「まあ、小一さんと寛助さん。無事だったんだね、あんたたち」

羊太と惣吉は顔を上げず、遣り手に「う、うん」とかえしたばかりだった。

「あんたたち、中坂横町の五木屋さんでしょう。五木屋さんに町方が踏みこんだって聞いたから吃驚しちゃったよ。どうしてたの、小一さん、寛助さん」

「うん、う、うんうん……いや、あれは別にうちじゃなくて、うちの客だったんだよ。変なのがいたらしくてね。それで……な、なあ、寛助」

「そうさ。だ、だからよ、縁起が悪いから、五木屋はもう仕舞いだって」

遣り手にそんな他愛もない弁解が通じるはずもなかったが、二人は遣り手の応対にすっかり気を許した。

二階へ上がり、すぐに馴染みの女郎が、建てつけの悪い階段を軋ませ二階座敷へきた。

「小一さあん、きてくれたの。嬉しい」

「お、おれも会いたかったぜ」

と、安心しきって半刻ほどがたって、女郎屋の若い者が二人の相方を「へえ、姐さん、そろそろ刻限でやす」と、部屋の外から声をかけて廻った。

「じゃ、小一さん、まあたねえ」

羊太の相方の女郎がそそくさと部屋を出ていった。

外はすっかり暗くなっていた。

いけねえ。お杉さんにまた叱られる。

羊太は慌てて身を起こし、隣の部屋の惣吉へ壁ごしに声をかけた。

「惣吉、じゃなくて寛助、いくぞ」

羊太は着替えを始めた。

惣吉の返事がなかった。

寝ていやがるのかと思い、もう一度言った。

「遅くなると叱られるぞ。寛助、起きろ」

と、そのとき、三畳部屋の一枚襖が、震えるように開いた。

「ああ?」

襖へふり向き、戸口に立っている男を見て、羊太は口が利けなかった。

開いた唇を息苦しそうに喘がせ、身体を震わせた。

途端、隣の惣吉の部屋で凄まじい地響きと雄叫びが起こった。

女郎屋の畳が激しくゆれ、薄い壁に何かがぶつかり、壁土がこぼれた。

「羊太、逃げろっ」

隣の部屋で惣吉の叫び声が轟いた。

だが、侍に見下ろされた羊太は、身体がすくんで動けなかった。

三

中山道を江戸六地蔵の真性寺がある巣鴨町を抜けて北西にとり、滝野川村を通って左手に字三軒家をすぎると、ほどなく下板橋宿へいたる。

下板橋宿、俗に板橋宿は、石神井川に架かる板橋をはさんで江戸に近い方から平尾町、中宿、上宿の三町によってなる、日本橋より二里八町、中山道の首駅である。

平尾町、次に中宿の中山道を南へ分かれる川越道との追分をすぎて、わずかに曲がりながら石神井川へなだらかに宿場道がくだっていた。

その宿場道の板橋の袂から堤道へ折れて北へ四半町ほど先、石神井川沿いに、忠字屋という蕎麦と御膳の店があった。

忠字屋は、この春六十の忠太郎という元は江戸深川の料理人が、二十年ほど前にこの板橋で開いた店だった。

忠太郎は、だいぶ前に女房をなくして店を継ぐ倅はおらず、ひとり娘はとうに嫁いで気楽な独り暮らしの身だった。

身体が元気なうちは隠居暮らしなど真っ平だし、蓄えもそれなりにあって、儲からなくたってかまやしねえ、味のわかる客にさえわかりゃあいいんだと、頑固一徹な亭主の大して流行らない店をひとりで営んでいた。

しかし、味のわかる客と言っても、中宿と上宿の旅籠の田舎染みた飯盛や女郎屋に雇われた若い者らが殆どで、忠太郎は女郎衆や若い者に自慢の蕎麦を出して馬鹿話に興じるのを面白がっている、くだけた男でもあった。

その忠字屋に何日か前からか、若い男四人に女二人の遠縁の客が逗留し始めた。ひとりの女は相当の年配で亡くなった女房の従姉だと、忠太郎は近所に言った。あとの若い女と男たちはみな女房の田舎の小百姓の娘や倅たちで、天保の大飢饉以来の暮らしは苦しく、兄弟も多く、女房の従姉が忠太郎を頼って江戸へ出るのを機にいっそ自分らも、と江戸で働き口を求め国を出てきたらしかった。

そして、江戸での働き口に目鼻がつくまでのほんのしばらく従姉ともども忠太郎の厄介になっている、ということだった。

前日、その逗留客のうち色白童顔のやや小柄な男と大男の二人が、江戸へ仕事探しにでもいく様子で出かけ、二人は昨夜は板橋宿の忠字屋へ戻らなかった。

二人のうちの大男の方が、力ない足どりで店を開く前の忠字屋へ戻ってきたのは翌日の朝だった。

大男は、《支度中》の札が下った忠字屋の油障子戸をそろそろと開け、情けなさそうに巨体を縮めて店土間へ入って「あのよう……」と声をかけた。

店を開く忠太郎の手伝いをしている年配の従姉と若い女が、大男の声に気づき、調理場から走り出てきた。

「あんた、昨夜はどこへいってたのっ。心配したでしょう」

と、年配の女のお杉が目を吊り上げて、大男を叱りつけた。

大男はお杉に叱られ、いっそう身体を縮めた。

「惣吉さん、みんな本当に心配したのよ。江戸で何かあったんじゃないかって」

若い女の三和（みわ）が、すっかりしょ気ている大男の惣吉に珍しく強い口調で言った。

「すまねえ。羊太が戻りに根津の馴染みの女のところへいきたいって言うし、おれもちょっとぐらいならいいんじゃねえかと思って、つい……」

惣吉は、今にもべそをかきそうなか細い声で応えた。

「羊太はどうしたの。もうあの馬鹿には、今度こそ灸（きゅう）をすえてやらなきゃあ」

お杉は、惣吉の後ろに隠れているはずの羊太を睨（にら）んだ。

調理場から店土間へ顔をのぞかせた忠太郎が、「あはあは……」と、しゃがれた笑い声を上げた。

「若い男だからな。はめをはずして夜遊びがしたくなることもあるわな。まあ、無事でよかった。朝飯はまだだろう。飯を食って元気を出せ。あはあは……」

惣吉は忠太郎に、情けなさそうに小さく頷いた。

ところがお杉は、惣吉の巨体の後ろを見つめて固まっていた。

「お杉さ……」

言いかけた三和の言葉が続いて消えた。

二人の後ろの忠太郎も表口に立っているその侍に気づいて、呆然とした。

侍は羽織はなく、細縞の地味な着物に黒のたっつけ袴、黒足袋草鞋履きに二刀を帯びた中背の、五十年配の男だった。

険しさや警戒をする素ぶりはなく、平然とした様子で店の中を見廻していた。

それからゆっくりと敷居を跨ぎ、一歩二歩と店土間へ入ってきた。

お杉は下駄を鳴らし、侍に合わせて一歩二歩と退いた。

「あ、あの……」

三和は懸命に言ったが、それ以上は言えなかった。

「怪しい者ではない。森安郷と申す。斎乱之介とは古い知り合いだ。この男は安房勝山の元鯨捕りの惣吉だな。まず惣吉をかえす」

侍が惣吉の大きな背中を押し出した。

惣吉はとぼとぼと進んで、お杉と三和に「すまねえ」とだけ言い、二人の後ろへ身を隠すように背を丸めた。

「あんたは乱之介の名付親のお杉、そちらは寺坂正軒（てらさかしょうけん）の娘・三和だな」

森がお杉から三和へ眼差しを移した。

「乱之介に伝えてもらいたい。羊太は預かっている。乱之介が引きとりにこいと」

三和が唇を噛み締め、頷いた。

そのとき、店土間と調理場の仕きりにある古びた板階段を軋（きし）ませ、二階にいた乱之介と代助がおりてきた。

階段の半ばで乱之介と森の目が合った。

「乱之介、いたか」

「森のおじさん、羊太と惣吉がひと晩、世話になったようですね」

「こちらからおぬしに会うため、やむを得ず少々手荒な手だてを使った。根津の訊きこみで、羊太と惣吉の馴染みの女郎が宮永町の女郎屋にいるとわかった。わが手の者が女郎屋の張りこみをし、昨夜、二人が女郎屋に姿を見せた。それでな」

お杉が惣吉を、だから言わんこっちゃない、と言う目で睨（にら）み上げた。

忠太郎が萎(しお)れている惣吉を見上げて、「ぶっ」と笑い声を堪えた。

「羊太にもしものことがあったら、許さねえぞ」

代助がうなった。

「羊太の兄の代助だな。あんたの石飛礫にはわが手の者もずいぶん悩まされた。代助、心配は無用だ。羊太と惣吉に危害を加えてはならぬと、お頭の厳命だった。羊太も惣吉同様、無事かえす。ただし、お頭が乱之介に返事をせねばならぬことがある。お頭から訊ねたいこともある。その話し合い次第ではこじれぬ、とは限らぬ」

「甘粕孝康、ですか」

「そうだ。わがお頭・甘粕孝康さまだ」

「場所は」

「中山道は庚申塚(こうしんづか)の四軒茶屋のひとつで待つ」

「そそ、そこで仲間と結託して、乱さんを、と、捕える気だね」

お杉が空元気を出して言った。

森がお杉へふり向き、に、と笑った。

「お杉、乱之介の父親の斎権兵衛どのを覚えているか」

お杉が、震えつつ頷いた。

「権兵衛どのが言っていた。お杉は罪な女だが、面白い女だともな。お互い年をとったな。あんたが権兵衛どのの倅・斎乱之介が生まれる元を作った。乱之介を捕えるつもりなら、この家はとうにわが手の者が囲んでおる。今日は話し合うだけだ。話がすめば羊太をかえす。約束する」

乱之介と森はしばし睨み合い、それから笑みになった。

「承知。羊太をもらいにいきます」

「待っているぞ」

森がくるりと踵をかえし速やかな足どりで戻っていくと、お杉が「ああ吃驚した」と腰掛へ抜けたように腰を落とした。

四

板橋宿よりおよそ半里、巣鴨町上組の庚申塚の辻は、板橋宿へ入る中山道の立場である。北へは王子道がくねり、南へは折戸道が交わっている。

街道端の樹木の陰に、葭簀囲いの四軒の団子茶屋が《お休憩》の幟をたてていた。

どの茶屋の店先にも竈や炭火焼の炉を並べ、亭主が団扇であおぐ焼団子の香ばしい匂いが旅人を誘っていた。

街道を夏の厳しい日差しが照りつけていたが、茶屋の中は楓の枝葉や葭簀が照りつける日差しを遮り、心地よい涼風がやわらかく流れていた。

長腰掛を並べた土間の奥には板敷が拵えてあった。街道をゆく人々が履き物を脱いで板敷に敷いた花茣蓙に坐して休むこともできる。

木々の間に蟬の声が降っていた。

じいじいじい……

かしましく鳴き騒ぐ中、乱之介と代助が一軒の茶屋の軒下に立った。

茶屋の隅の長腰掛に萌葱の涼しげな小袖に濃紺の袴が似合う、まさに白皙の若き御目付・甘粕孝康と森安郷がかけていた。

土間の奥の板敷には、これは御小人目付の黒羽織ではないけれども、手の者と思われる侍らが五名、土間のことは知らぬ風袋で坐して茶を喫していた。

客はほかに旅姿と王子の参詣客ふうが長腰掛に二組いたが、羊太の姿はなかった。

茶屋の後ろに、およそ八尺はある庚申塚が建っていた。

「お入りなさいまし」

赤い前垂れの茶屋の女が、乱之介と代助に愛想よい笑顔で言った。

乱之介と代助はかぶっていた菅笠をとった。

二人は麻の単の着流しを裾端折り、股引はつけず、黒の脚絆と素足に草鞋の旅人風袋に拵え、ゆるみなく結んだ博多の帯は無腰だった。

ゆっくり近づいていく間、乱之介と孝康は目をそらさなかった。

乱之介は歩みを止め、それからもなお見つめ合った。

乱之介の後ろに従う代助は、孝康と森へ敵意を露わにしていた。

「乱之介、かけよ」

森が双方向き合う位置になる長腰掛を指した。

乱之介が「兄さん……」と代助を促した。

二人が腰かけると、前垂れの女が二人に茶を運んできた。そして、

「お入りなさいまし」

と、店に入ってきた新しい客に声をかけた。

新しい客は編笠に杖を持ったお杉と三和、それと菅笠をかぶった大男の惣吉の三人だった。惣吉は元気がなく、肩を落としている。

森が離れた長腰掛にかける三人を見やり、ふ、と笑った。

「みなそろったな。乱之介をひとりでこさせるのは心配だったと見える」

「森のおじさん、羊太が見えませんが」
乱之助が訊いた。
森がさり気なく、板敷の五人の侍の方へ目を転じた。
侍の中に侍と同じ拵えをした羊太が見えた。
羊太は四人に囲まれ、半泣きの顔を乱之介と代助へ寄こした。
代助が「ちっ」と舌打ちをした。
お杉と三和、惣吉の三人も板敷の羊太に気づいたらしく、惣吉が長腰掛を鳴らして
いきり立った。
ほかの客が大男の惣吉の剣幕に怯えたかのように仰ぎ見た。
茶屋の亭主と女は驚いて惣吉の方へふりかえった。
「亭主、大丈夫だ。その三人に茶と団子を出してやってくれ」
森が店先で団子を焼いている亭主へ落ち着いた声をかけ、視線を戻した。
「話がすむまで、羊太はわたせん」
乱之介は惣吉へ、坐れ、と手で制した。
お杉と三和が惣吉をなだめて、長腰掛に坐らせた。
乱之介が顔を戻すと、孝康が小さな笑みを浮かべていた。

「春の向島以来だな」

と、透き通った声で静かに言った。

「代助、おぬしの物騒な石飛礫は懐に入っているのか」

「いえ、何も」

代助が不満を隠さず応えた。

「甘粕、われらはいっさい武器になる物を帯びていない。おまえとは一度、こういう会い方をしたかったからだ」

乱之介が低く言った。

「おぬしと刃を交わし必ず倒す、とわたしは自ら繰りかえし言い聞かせた。だが、眠るとおぬしに斬られる夢ばかり見る。恐怖で目が覚める」

言いながら、孝康は笑みを仕舞った。

「小岩村の江次郎という人買を捕え、納屋に閉じこめられていた子供らを救い出してくれたそうだな。その礼も言いたかった」

「駒込の吉祥寺の闘いでわたしはおぬしに負けた。だがおぬしはわたしを斬らなかった。おぬしに助けられた命で、なすべきことをなした。それだけだ」

二人は沈黙した。森と代助には、言葉はなくとも、様々な思いが両者の間を交錯しているのが傍目にわかった。

「返事を訊こう」

やがて乱之介が言った。

「おぬしを恐れたことはあったが、憎んだ覚えはない。返事を言う前に話したいことがある。役目ではない。おぬしの三十年の長さの意味にかかわることだ。よいか」

乱之介は頷き、孝康も一旦目をそらした。

「おぬし、背中の貝がら骨のどちらかの下に痣がありはせぬか。今は消えているとしても、子供のときにあった覚えはないか」

孝康が言った。

「背中のことなど、知らん」

乱之介は知っている。だがそう応えた。

「およそ三十年前、正確には二十七年前、陸奥笠原家のことだ。斎乱之介、おぬしの年はおそらく二十九。生まれは笠原家の仙台だ。おぬしが生まれた翌年の春、笠原家で御世継ぎを廻るお家騒動があったと伝わっている。事は表沙汰にされず巧妙に処理され、御公儀においても一大名の家中の事情として厳しく詮索しなかった」

孝康は膝においた掌の骨張った長い指をかすかに震わせた。

「そのとき、御当主の先々代斉広さまは江戸の上屋敷におられた。斉広さまには御世継ぎがおられず、御正室・櫂の方の御実家であり笠原家の御分家である堀田家の周村さまが継がれることが決まっていた。だが前年の冬、御中臈のお濃さまが斉広さまの御子・真之丞さまをお産みになられた。血筋から言えば御嫡子になる」

　乱之介は黙っている。

「よって国家老・三村泰兼どののお指図で、御世継ぎの件は斉広さまが江戸よりお戻りになられてから改めて協議することとなり、周村さま御世継ぎの決定は、一旦、白紙に戻された。騒動が起こったのは年が明けた春だ。お国元には櫂の方の御縁籍にあたる御中臈・お翠さまがおられ、お翠さまのお声がかりで春のお花見の園遊会が開かれた。むろん、お濃さまもその園遊会に招かれた」

　孝康は乱之介の表情を見ようとしてか、わずかに眼差しを上目使いにした。

「お濃さまをお乗せした御駕籠が園遊会へ向かう途中、御駕籠の行列に従っていた原大二郎と言う若い添番が、突然、御駕籠を襲いお濃さま弑逆におよんだ。捕えられた添番が弑逆におよんだ理由を白状した。家柄が軽輩のお濃さまと添番は元許嫁であったが、お濃さまが御中臈に召されお家のために仲を裂かれた。お家のためとは言え、添番はお濃さまが忘れられなかった。嫉妬を抱き、懊悩し、恨めしく思った」

代助が訝しむ顔つきになった。

「恨めしさが殿さまに向かうのではなく、お濃さまへの憎しみ、怒りとなって向けられた。添番の怒りはお濃さまが御嫡子・真之丞さまを産まれたことで許しがたいものとなった。そうしてついに翌年春、添番は凶行にいたった」

孝康がなぜそんな話を始めたのか、代助にはわかっていないふうだった。

「さらに、お濃さまが添番に弑逆された同じ日、偶然にも国家老・三村泰兼どのが突然の病に倒れ、その夜のうちに亡くなられた。三村どのは当時の笠原家の守旧派の領袖であり、政を指図なさる重責を担われていた」

孝康は代助へゆるやかに一瞥を投げた。

「三村どの急死によって、家中の若き改革派らが守旧派の牛耳る笠原家の政を改めるべく、家中の重役を独占する守旧派の一掃の挙に出た。それから斉広さまが江戸参勤より国元へ戻られるまでの二ヵ月、苛烈な粛清が断行されたと言われている」

その粛清のさ中――と、孝康は唇を一文字に結んだ。

「御嫡子の真之丞さまがご病気により亡くなられたと、家中にお触れが廻ったのだ。お濃さまが弑逆され、家老の三村どのが亡くなられて数日後だった。当時は誰もがその一連の出来事、殊に御嫡子・真之丞さまご病死に不審を抱いた。だが、わずか二ヵ月のうちに重役方が次々と役をとかれ、蟄居（ちっきょ）切腹、お家おとり潰し、その一方で病死や不可解な死が続き、誰もが恐れて不審に口を閉ざした」

かしましい蟬の鳴き声が降っていた。

茶屋の前の街道が、日差しの下で白く光って見え、馬子が荷馬を引いて通り、旅人がゆきすぎた。

「二ヵ月がたち斉広さまが江戸参勤より国元へ戻られたとき、お家の政は改革派が完全に掌握していた。その改革派を指図したのは、桧垣鉄舟（てっしゅう）という若き勘定方だった」

桧垣鉄舟という若き勘定方が改革派の中で頭角を現したのは、御正室・櫂の方の強い後ろ盾があったからだと言われていた。

そのとき桧垣は、まだ三十歳にもならぬ一勘定方にすぎなかった。

軽輩の徒組（かちぐみ）の家の部屋住みだったのが、幼いころから抜群の頭脳が衆目を集め、神童と称えられた。

その頭脳が認められ、笠原家の勘定方に就いたのはわずか十六の年だった。

勘定方に就いたころから、高々数十俵扶持の徒組の子がいずれは笠原家の勘定奉行か御蔵役奉行に出世は間違いなしと言われた。

桧垣は二十一歳から二十五歳までのおよそ五年、勘定方として江戸勤番となった。

御正室・櫂の方との結びつきが始まったのは、その時期だったと言われている。

江戸上屋敷における奥向きの奢侈な台所を、陰で宰領したのが桧垣だった。

桧垣はそのころ、霊岸島の新川の一下り酒問屋だった伊坂屋と結び、伊坂屋より潤沢な資金の援助を得て櫂の方の放恣な要望にひたすら応えた。

一方、櫂の方を通して桧垣は伊坂屋を笠原家の御用達酒問屋にとりたてた。

のみならず、陸奥の大家の威光を以って、伊坂屋が商いの手を広げるための幕閣、江戸町奉行所、諸大名への働きかけや便宜を図ることにより、桧垣、櫂の方、伊坂屋の結束をいっそう深めていった。

櫂の方には御嫡子がお生まれにならなかった。

櫂の方の御実家は笠原家の御分家筋の堀田家で、堀田家の甥・周村さまを御世継ぎに迎える意向を櫂の方は固め、斉広さまに勧めていた。

ところが、笠原家の国家老・三村泰兼は、御分家より周村さまを養子に迎え御世継ぎにたてる意向に難色を示していた。御世継ぎはあくまで御本家より出られるのが筋と、斉広さまに進言していた。

折りしも、笠原家では台所事情の悪化が積年の難題になっていた。国家老・三村泰兼ら、守旧派の執政に異議を唱える若手が家中に台頭し始めていた。

桧垣は二十六歳で国元へ戻り、勘定奉行配下の勘定検査役に就いた。

そうして、勘定検査役の立場からこれまでの政の浪費、放漫な台所事情を厳しく糾弾し、従来のやり方を改める刷新に辣腕（らつわん）をふるった。

桧垣など所詮二十六、七の軽輩な家柄の者が、差し出がましい、と代々高官の家柄の守旧派から激しい反発があったのは言うまでもない。

ただ、反発はしても積年の台所事情の悪化という事実は覆いがたく、また、桧垣には御正室・櫂の方の強力な後ろ盾があった。

家中の士らはそんな桧垣の果断なふる舞いを支持し、桧垣の下に有志らが集まり始め、家老の三村を領袖（りょうしゅう）とする守旧派と対立する勢力にふくらんでいった。

二年がたち、御分家の周村さまを御養子に迎え御世継ぎとなられることが内々に定められ、対立の火種はくすぶっていたものの桧垣派の優位が明らかになっていた。

そんな文化八年の冬、御中臈・お濃さまが当主斉広さまの御子を産んだのである。

当主の御嫡子にあたる御子の誕生によって、桧垣派と守旧派の対立は激変した。

「添番の原大二郎なる者のお濃さま弑逆が、すべての事の始まりだった。笠原家の桧垣派へ反抗を企てる者らの間では、二十七年前の春から始まった二ヵ月に亘る桧垣派の守旧派への苛烈な粛清を、お濃さまの変、とひそかに呼んでいるそうだ。お濃さまの恨みを忘れるな、とな」

孝康はかすかに眉を曇らせ、茶を含んだ。

「そのとき、桧垣は二十九歳だった。守旧派が一掃され、真之丞さまも亡くなられ、御分家の周村さま御世継ぎが正式に御公儀へ届けられた。桧垣は二十九歳にして国家老へ就くことを推されたが固辞し、勘定奉行に就いた。数年後、斉広さまが亡くなれ周村さまが御当主に就かれると、桧垣は御側用人にとりたてられた。それからだ。御側用人という陰の立場にあって桧垣が、実質において笠原家を動かし始めたのは」

「そ、それと乱さんに、なんのかかわりがあるんでやす？」

痺れをきらした代助が、傍らから身を乗り出した。

「まあ待て、代助。まどろっこしいと思うだろうが、これは話しておかねばならぬ経緯なのだ。長くはかからぬ」

孝康に言われ、代助は口を噤んだ。

「桧垣は、先代周村さま、当代周定さま、二代に亘り御側用人を務め、今なおその権勢は健在だ」

と、孝康は乱之介へ向きなおり続けた。

「江戸家老は倅の桧垣京左衛門、国家老も桧垣の縁者が就き、お家の諸奉行や要職はすべて桧垣派が占めている。さらに江戸においても国元においても、米問屋、廻漕問屋、領国の豊かな海産物などを商う問屋、酒塩醤油酢砂糖、呉服太物、領民の暮らしに必要な諸問屋の殆どに桧垣の息がかかり、お家に納められる運上金や冥加金の表向きの裏で、桧垣鉄舟一個へ莫大な富が献上される仕組みができ上がっている」

街道を山のように荷を積んだ荷車が人足らに引かれ、車輪を鳴らして通りすぎた。

孝康は代助へ涼しげな目を向けた。

「その仕組みが二十八年、笠原家では続いてきた。その間、桧垣鉄舟の支配へ反旗を翻す一派が幾つか生まれた。けれどもみな潰れていった。というより、桧垣派に潰されたのだ。わたしにこの話をした竹越という家士が率いる青葉会という組もそのひとつだが、聞くところによれば、桧垣派の圧力を受け今や風前の灯らしい。仙台城下に雷電組という浪人の一団がいる。剣術道場を開いているが、実は門弟を抱え剣術の稽古をつける道場ではない。桧垣は謀だけで世の中を動かせると思っていない。

雷電組は反桧垣派を潰す仕事を請け負う、桧垣の私兵と言ってもいいだろう」

「しへい？」

代助が繰りかえした。

「ふむ。桧垣自身が抱えている家臣と似ているが、家臣ではない。表だっては道場主と門弟を装っている。桧垣にとって不都合な者が現れると、桧垣鉄舟の指図によって家中の者であれ町民であれ、闇から闇へと始末する役目を負っている。二十七年、桧垣の権勢が続いたのは、表の桧垣派の存在と同時に、雷電組という実働隊の陰の働きがあったからだ。森、おぬしが調べたことを話してくれ」

「御意」

森が頭を垂れた。

「仙台城下に来栖兵庫という武芸者がいる。年のころは四十七、八。その来栖兵庫が雷電組の首領だ。お濃さまの変が起こったころ、来栖はまだ二十歳にもならぬ桧垣と同じ身分の低い徒組（かちぐみ）の部屋住みだった。部屋住みゆえか、明日に望みのないあらくれ暮らしだったらしい。ただ異様に剣が強く気性も粗暴で、徒組に来栖あり、と城下の武芸者というより、盛り場の顔利きややくざの間では知られていたそうだ」

そう言って唇を結び、束の間考えた。

「十代のあらくれだったころ、女郎屋でやくざと喧嘩になり、ひとりで十数人のやくざを相手に斬りまくったことがあった。重篤な疵を負った者、死者がごろごろと転がっている中、来栖は女郎屋の井戸で平然と刀を洗い、帰っていったと言う。それほどの死者を出し、幾らやくざ相手でもと来栖にとがめがくだされようとしていた折り、当時、家中で力をつけつつあった桧垣が来栖の腕を見こんで救ったのだ」

それがきっかけで——と、森は続けた。

「桧垣と来栖の盟約が結ばれたと言われている。お濃さまの変があった二ヵ月の間、桧垣派の守旧派一掃の過程で、家中の重役を占める旧家の士の多くが不審な死を遂げた。来栖がその不審死にかかわったというのは、二十七年がたった今でも陰に陽に言い伝えられている。つまり、守旧派一掃に表だっては桧垣が不正や台所の浪費放漫を暴いて追及し、追及できぬ者らは来栖がひそかに始末したのだ」

代助にも少しずつわかり始めてきているのか、何も言わずただ喉を、ごくり、と鳴らして冷えた茶を飲んだ。

「表の桧垣の術数、陰の来栖の粛清、その両輪が働きお濃さまの変を成し遂げた。来栖が来栖家をはずれ浪人の身となり、雷電組をたち上げたのはお濃さまの変の一年後だ。家中の下禄の家の部屋住みの中から、来栖の眼鏡にかなった者らを選りすぐり、雷電組の門弟にする。門弟らには給金が出る。普段は何もしない」

代助が目を見開いたまま、森に頷いた。

「だが、一旦、来栖の命あれば門弟らは一丸となって動き出す。雷電組の働きによって、桧垣派に反旗を翻す家中の者、商いの問屋、大百姓、また国を憂える学者、桧垣派が支配する政に異議を唱える者らが不審死を遂げたり、闇から闇へ葬られる。雷電組とはそういう殺人集団だ。雷電組の不気味なのは、雷電組の仕事が笠原家の御ため国のために働いていると来栖に叩きこまれていることだと聞いた」

「人斬りが、お国のためなんでやすか」

代助が、痺れをきらして森に訊いた。

「そうだ。お家に害をおよぼす者を一片のためらいもなく誅殺する。みな望みなき部屋住みの身が、来栖に従えば、給金を与えられ国事に携われるのだ。乱之介……」

森が乱之介に向いた。

「おぬしは来栖兵庫に会っている。おぬし先夜、伊坂屋の主人・蝶三郎とともに五木屋へ上がった二人の侍の客がいたと言ったな。そのうちのひとりが来栖兵庫だ。覚えているな」

乱之介は頷いた。

「今ひとりが原大二郎。先ほどお頭が言われたお濃さまの御駕籠を襲った添番だ。原は捕えられたが桧垣派が家中の実権を握ったのち、恩赦によってとき放たれた。添番の身分は失ったが、雷電組に加わり今では来栖の参謀役になっている。噂だが、二十七年前の原のお濃さまの御駕籠襲撃の日に起こった国家老・三村泰兼の突然の病死は、じつは病死ではなく、来栖が暗殺したとも言われているのだ」

森はそう言ってひと息ついた。

「原のお濃さまの御駕籠襲撃と三村泰兼の病死を皮きりに始まった守旧派の粛清、どちらも偶然の出来事とは、かの家中では今もって誰も信じてはいない。もっとも、それを覚えている者は、今では少なくなっているらしいが。ただ、少なくはなっても覚えている者はいる。お濃さまが産まれた真之丞さまのご病死についてもな」

代助が小さな驚きの声をもらした。

「乱之介、雷電組が仙台より出府し、新川の伊坂屋の料亭へ逗留したのはもう半月以上前だ。来栖、原、を頭に屈強な者らが十数名。雷電組は今も伊坂屋に逗留し、江戸家老の桧垣京左衛門が伊坂屋においてひそかに雷電組と接触を保っている。雷電組がなんのために江戸へ出てきたか、わかるか」

「乱さん、この前の五木屋の襲撃は、もしかしたら……」

代助が戸惑いを隠せず、言った。

「兄さん、おれたちを襲ったやつらがどうやら、明らかになったな」

乱之介が言った。

「なんでなんだい。なんで雷電組なんだい。ま、まさか、まさか」

代助はそれ以上の言葉を失った。

前垂れをかけた茶屋の女が街道をゆき交う人々へ、「お入りなさいませ」と呼びこみの声をかけていた。

五

蟬の鳴き声が木々の間に降っていた。

白い日差しが街道をゆく人々へ照りつけている。

乱之介は代助に応えず、孝康へ向いた。

「甘粕、なぜおれにそんな話をする」

「斎、おぬしはわたしに、故郷は人買の納屋だと言ったな。おぬしは小岩村の人買の江次郎の納屋の中で物心がついた。江次郎の話からある捨て子の素性をたどった。捨て子は四、五歳のころ、江次郎から別の人買に売られて故郷の納屋を出たが、中川堤へさしかかったとき、川へ飛びこんで逃げた」

　代助が孝康へ身を乗り出した。

「捨て子はおよそ三十年前、正確には二十七年前の春、仙台城下はずれの野で江戸の旅飛脚に拾われたのだ。侍同士の斬り合いがあり、ひとりの侍が斬られた。侍を斬った侍たちが、赤ん坊はどこだ、探せ、と叫んでいた。飛脚は赤ん坊の命が狙われている気がした。赤ん坊を拾い、無我夢中で逃げた」

「仙台城下の？」

　代助が訊きかえした。

「だが、飛脚は自分では育てられないと思った。赤ん坊を小岩村の人買・江次郎へ売った。二十七年前の春、お濃さまの変があったころだ。わが父・克衛もおぬしの父・斎権兵衛もその春の笠原家の内紛の兆候には気づいていた。ただ、笠原家の事情ゆえ事を荒だてまいと、詮索はしなかった」

　孝康を見つめる代助の唇が震え始めていた。代助の目に困惑が浮かんだ。

「そ、そ、それって……」

「そうだ、代助。笠原家先々代御当主・斉広さまの御子の真之丞さまがお濃さまの変のさ中、ご病死と触れが出されたまさにその春の、仙台城下はずれの野での出来事だった。その赤ん坊が人買の納屋で四つか五つの子に育ち、中川へ飛びこんで人買から逃れ江戸の方へ走り去った。走り去った子がどこへいったか、本人しか知らぬ。生きていれば、その子はこの春、二十九になっている。今ひとつ……」

孝康がさらに言った。

「青葉会の竹越という家士から聞いた。真之丞さまはお生まれのとき、背中の貝がら骨の下に、小さな痣があったと言い伝わっているそうだ。今も痣が残っているかどうか、それはわからぬが」

ああ――と、代助がうめき顔を覆った。そして悲しげに「乱さん、乱さん……」と繰りかえした。

代助の様子の異変に、離れた長腰掛のお杉や三和、惣吉が戸惑いを見せた。

板敷の羊太も訝しげに代助を見つめていた。

「甘粕、なぜおれにそんな話をするのか、応えていないぞ」

乱之介が変わらぬ口調で言った。

「理由は二つある。ひとつの理由は、おぬしの申し入れを受けようと思うからだ。申し入れを受ければ、おぬしは間違いなく打ち首になる。ならばわが務めとして、おぬしにこの話を伝えなければならぬと思った。おぬしは自らの生の意味を知っておくべきだと思った。ゆえにこの話を伝えるのが、正しきふる舞いだと信じるからだ」

「な、なんだい乱さん。申し入れって、打ち首って、どういうことだい」

押し殺しつつも声を絞り出した代助が、長腰掛を鳴らし、立ち上がった。

惣吉も我慢していられずに巨体を持ち上げた。

茶屋のほかの客や前垂れの女らが、代助のふる舞いにざわついた。

「みな知らぬのか」

「知る必要はない」

孝康が黙って頷いた。森がうな垂れた。

「おれたちに黙って、勝手なことをするなよ。言っとくけど、おれは乱さんをひとりではいかせねえぜ」

「代助兄さん、首領はおれだ。首領の指図で始め首領の指図で終わる。それが戦だ。おれの指図に従ってくれ。甘粕、今ひとつの理由を話せ」

代助は唖然(あぜん)とし、ただ唇を震わせた。そのとき、

「それはわたしから話そう」

と、後ろから声がかかった。

乱之介と代助が、茶屋の店先の方へふりかえった。

銀鼠（ぎんねず）の単を中背の肩幅のある体軀に着流し、博多帯に二刀、素足に雪駄、深編笠の侍が、軒下から店土間へ入ったところに立っていた。

後ろの軒下に、包みを肩に担いだ従者と思える若党ふうの男が控えていた。

「お入りなさいまし」

茶屋の女が侍に声をかけ、炉の炭火で団子を焼き続けている亭主が侍へみかえり、首にかけた手拭で汗をぬぐった。侍は店の隅の四人の方へ手を差し、

「連れだ。茶を新しく二つ頼む」

と、茶屋の女に言いつけた。

乱之介は侍がゆっくり歩みながら深編笠をとる前に腰掛を下り、頭を垂れて、片膝をついていた。

「お頭、お久しゅう……」

乱之介は侍の足下へ目を落とし、言った。

代助が乱之介につられて、戸惑いつつ膝をついた。

「乱之介、覚えていたか。まことに久しい。立て、乱之介。わたしはもうおまえの頭ではない。庭の菜園を耕しておる一介の隠居にすぎぬ。さあ、立て」

克衛は乱之介の腕をとり、無理やり立たせた。

「まず坐れ。おまえは代助だな。聞いておる。石飛礫の優れた名手らしいな。おまえも坐れ。乱之介にわたしから話をするためにきたのだ」

克衛は、お杉、三和、惣吉、板敷の羊太へとひと亘り見渡し、それから穏やかな笑みを乱之介へ向けた。

「あのときは十六歳の若衆だったな。いい男になった。権兵衛も生きておれば目を細めておまえを見るだろう。森、そう思わぬか」

森が「まさしく」と頷いた。

「権兵衛とわたしは同い年でな。よく働く男だった」

克衛は孝康に並んでかけ、刀と深編笠を傍らへおいた。

荷物を肩に担いだ若党は、隣の長腰掛に離れてかけた。

茶屋の女が茶碗を運んできた。

克衛は茶をひと口含み、その間も乱之介から穏やかな目をそらさなかった。

乱之介は十六歳の若衆のように、照れて顔を伏せた。

「わが倅・孝康と斬り合うて命をとらなかったそうだな。礼を言うぞ」

「心ならずも、剣を交わしました」

「孝康はわが自慢の倅だ。おまえは権兵衛の自慢の倅だった。二人で呑みながら倅自慢をよくやった」

ははは……

克衛は笑って茶托へ茶碗を戻した。

「だがな、権兵衛はおまえをただ自慢に思っていただけではなかった。あの男はおまえを敬うておった。神が授けた運命の子だとだ。権兵衛はあそこにいる人買のお杉から、六歳だったおまえを五両で買った。乱之介の名前はお杉がつけた」

「お杉は、わが母です」

「罪深き人買を母とし、身分低き侍を父としておまえは人となった。乱之介、おまえは何ゆえそのような境遇を背負わなければならなかったと思うか」

乱之介は顔を上げたが、応えられなかった。

克衛の慈愛のこもった笑みが向けられている。

「おまえは十三歳のとき、すでに権兵衛の手先として働き始めていた。権兵衛がおまえを従えわたしの前に現れたとき、まだ背ものびきっていない小僧だった。しかし権兵衛は、十三歳のおまえに教えることはもう何もない、と言うていた。剣の腕、戦いの技は言うまでもなく、知力、人としての志もだ。おまえが森のおじさんと慕っていた森は、十三歳の小僧に歯がたたぬと、嘆いていたのだぞ」

　森が、ふむふむと頷いた。

「権兵衛はおまえの素性はいっさい知らなかった。お杉もそうだろう。だから権兵衛はあるとき気づいたのだ。人買のお杉から五両で買った乱之介は、神によって権兵衛に託された子なのだと。神の特別な使命を負ってこの世に生を受けた子を、育てよ、と託されたのだとな。そうでなければ、権兵衛にはおまえの父親になった道理が説明できなかった。お杉から五両で買った偶然の意味が、とけなかった」

　穏やかな克衛の眼差しは、しかし奥に鋭さを秘めていた。

「米河岸一揆で権兵衛とおまえがあらぬ罪を受け捕縛され、権兵衛は神によって託された子を死なせてはならぬと思った。権兵衛がな、牢屋敷でわたしに言うたのだ。あの子は特別な子だと。あの子を育てる使命を果たし、自分は終わる。次はあの子が神より負った使命を果たすために生きる番だとな」

　克衛は茶屋の外へ目を遊ばせ、束の間の思い出に耽ったかのようだった。

「ゆえに、乱之介を死なせないでほしいとわたしに頼んだ。懸命に言い続けた。それをどう受け止めるか、人は様々だ。埒もない世迷い言、と思う者もいれば、ひた向きな親心と思うかもしれぬし、人のふる舞いの荘厳さに心打たれる者もいるだろう。あのとき、わたし自身はどちらだったのかなど、もう覚えていない。だが、乱之介を死なせてはならない、という思いだけは確かだった」

そう言って乱之介へ見かえった。

「おまえが生きて江戸を去ったと知らせたとき、権兵衛は男泣きした。おまえへの愛しさと、自らの使命を果たせた満足でだ」

「森のおじさんから聞きました。わたしの助命嘆願と引き替えに、御目付の役目を解かれたのですね」

「さしたることではない。孝康に家督を譲ってもいいころだと思っていたのでな」

じじじじ、じじじじ、じい、じい、じい……

茶屋の外で、蟬しぐれがさらに激しくなった。

「お入りなさいまし」

茶屋の女が店先で旅人に呼びかけている。克衛が沈黙の中から、

「仲間の命と引き替えにお上に首を差し出す、と申し入れたそうだな」

と、低い声を響かせた。

代助が顔を上げ、唇を咬み締めた。

「父親と同じ道を歩むのか。権兵衛が生きていたらどう言うと思う」

「自ら歩むべき道を歩めと、父は言うでしょう」

「権兵衛が信じていた、神より負ったおまえの使命はどうなる」

「お頭、わたしの使命とはなんですか」

「わからん。おまえ以外にはな」

乱之介は孝康と目が合った。

孝康の涼しげな眼差しが、なぜか乱之介に頷きかけるようにゆれた。

「おまえの申し入れを孝康は御目付として受け入れる。だが御目付ではなくわが倅・孝康として、こちらからもひとつ、申し入れがある。どちらの申し入れを選ぶか、おまえが決めるのだ。その申し入れがおまえに話す理由の二つ目だ」

克衛は若党へ目配せした。

若党は傍らにおいていた荷物の風呂敷包みをとき、風呂敷包みごと捧げ克衛へ差し出した。

それは鈍茶色（にびちゃいろ）の見事な表装の、一冊の部厚い書物だった。

表装に異国の文字が並んでいた。

克衛は書物を両手で持ったまま、膝の上に抱えた。

「これはわが友の白木民助という蘭学者が、おらんだ屋敷のリンドンというカピタンより借り受けた書物だ。この書物に異国の言葉で書かれた考えを、白木がわが国の言葉に書き換えているさ中、鳥居耀蔵らの蘭学者の一斉とり締まりによって白木は捕えられ、牢屋敷に収監され裁断を待つ身になった。白木はこの書物が町方の手に渡り焼き捨てられることを恐れ、わたしに託した。リンドンにかえしてほしいとだ」

克衛は表装の異国の文字を指先でなぞった。

「これはコントラソシアルという書物だ。コントラソシアルとはな、御公儀と民の約束事を指すのだそうだ」

乱之介は克衛の持つ書物を見つめた。

傍らの代助が不思議そうに首をひねった。

「この書物が、かの国では町の普通の書物問屋において売られているらしい。誰もが買って、自由に読むことができる。なんということだ。わたしにコントラソシアルの意味がわかっているのではない。間違っているかもしれぬが、わたしなりに言えば、人は御公儀が御政道を敷く前から、代々に亘って生きてきた。前の御公儀、さらに前の御公儀、ずっとずっと前の御公儀、それよりも先に人は生きてきた」

「それは、獣のように生きていた、という意味でしょうか」

「そうかもしれぬし、そうでないかもしれぬ。確かなことは、御公儀の御政道よりも先に人は生きてあった、ということだ。わかるか、乱之介」

乱之介がゆっくり頷いた。

「人はおのれの命をおのれのものとし、おのれの考えをおのれのものとし、おのれの望むものを望んで代々生きてきたし、これからも生きてゆく。ゆえに御公儀は、人からそれを奪ってはならないというのだ」

「なんのことだい、乱さん。こちらの旦那は何を仰っているんだい」

「代助兄さん、おれにもわからないよ。ただ、そういう異国の人の考えが、この書物には書かれてあるのですね」

「たぶん……」

克衛は唇を引き結び、白髪のまじった髷のほつれを指先で直した。

それから克衛の語ったことは多くはなかった。

しかし、乱之介と孝康はじっと身動きをせず、森は腕組みをし、代助はうな垂れて克衛の言葉に聞き入った。

お杉や三和、惣吉、そして板敷の羊太に克衛の言葉は届かないが、ゆるやかにすぎるときを、なす術もなく見守っているかだった。

やがてそのときがすぎ、克衛は笑みを消していた。それから、

「乱之介、わたしはな、今、ひとつの運命に向うているのかもしれぬのだ。もしかしたらそれは、権兵衛が向うていた運命かもしれぬ、と思えてならぬのだ」

と続けた。

「おぬしが長崎へいかぬか。おぬしがいって、この書物をリンドンにかえしてくれぬか。わたしの代わりに約束を果たしてくれぬか。そして、もしかなうならば……」

克衛は膝の上の書物に目を落とした。

「おぬしはかの国へ渡り、この書物に書かれた考えを、意味を、教えを探り出してみぬか。もしもそれが世のため人のためになると思うならば、それを役だてるために生きてはみぬか。そのようなことをしたとて、意味などないのかもしれぬ。無駄な、愚かな末路を見出すだけかもしれぬ。だがな、乱之介、意味のある死ではなく、無駄な愚かな生に、おまえの命を賭けてはみぬか」

それがこちらからの申し入れだ――と、克衛が言った。

代助が傍らで震えていた。

乱之介と孝康の目が合った。

孝康は平然とし、隣の森が紅潮して乱之介を見つめていた。

蟬しぐれが降っていた。

「それで、いいのか」

乱之介は孝康に言った。

「選ぶのは、おぬしだ」

孝康が応えた。

「乱さん、おれは、おれは、何を言えばいいんだい」

代助は困惑し、言う言葉が見つからず、しょ気ていた。

「いいんだ、兄さん。何も言うな」

乱之介は代助に言い、孝康へ向いた。

「ときをくれ」

「どれほど」

「最後に、なさねばならぬことが見つかった。それをなすのに三日。頼む。三日の猶予をくれ。四日目に、返事をする。どちらを選ぶか」

しかし乱之介は、短い間をおいて続けた。

「もしも返事をしなかったら、もうひとつの道をいったと、思ってくれ」

「もうひとつの道？」

孝康が訝しんで繰りかえした。

克衛に笑みが戻った。

「乱之介、せっかくもらった命を棒にふってでも、なさねばならぬことなのか」

「そうです。お頭、もらった命ならばこそ、なさねばならぬのです」

「なさねばならぬことをなせば、答えが見つかるのか」

「見つけます」

ひと言、乱之介はかえした。

「よかろう」

孝康が克衛の代わりに応えた。

そして長腰掛から立ち上がり、板敷の侍たちへ「放せ」と言った。

六

翌日の夜明け前、乱之介は忠字屋の階段を軋（きし）らせた。

外はまだ暗く、宿場はずれの百姓家の一番鶏が鳴いたばかりだった。

行灯が明々と灯る店土間に、お杉と忠太郎、代助、羊太、三和、そして惣吉の六人がいて、階段を下りる乱之介を見上げていた。

若い五人は旅拵えだったが、お杉は忠太郎の情にほだされ、忠字屋に残ることになった。

「忠太郎さん、世話になりました。お杉さんにくっついた厄介者のおれたちを、何も訊かずに受け入れてくれた忠太郎さんのご恩は、一生忘れません。お杉さんを、よろしくお願いします」

乱之介は土間へ下り、忠太郎へ腰を折った。

「なあに。改めて礼を言われるほどのことじゃねえ。おれはひとり暮らしで気楽は気楽でも、退屈もしていた。そこへお杉とおめえら若いもんがきて面白かった。宿賃なんぞいらねえんだが、もらいすぎるくらいもらっちまったし、そのうえ、お杉という新しい女房もできたし。こっちが礼を言いてえくらいさ。なあ、お杉」

お杉が忠太郎の隣で、うふ、と肩をすくませた。

真新しい剝き出しの鉄漿が、行灯の明かりに今朝は艶やかに照りかえった。

「なんだか、この年で照れくさいんだけれどさ。忠さんの気持ちをありがたく受けさせてもらいます。これからの乱さんたち若い者の旅には、間違いなくあっしは足手まといだから」

そう言うと、お杉は突然はらはらと涙をあふれさせた。

乱之介たちを見送るために綺麗に塗った白粉が、幾筋も伝う涙で台無しになった。

「あっしみたいな馬鹿な女に、生きる望みを与えてくれた。権兵衛の旦那に乱さんを売ったろくでもない女のあっしを、乱さんは恩に思って覚えていてくれた。乱さん、本当にありがとう」

ありがとう——と、お杉はむせび泣いた。

「お杉さん、世話になったのはおれだ。お杉さんがつけてくれた乱之介の名がおれを一人前の男にしてくれた。おれは産みの母親を知らない。けれど、乱之介の母親はお杉さんだ。達者でな、おっ母さん。達者で」

「お杉、若い者の旅だちに涙はいらねえ。笑って見送ろうぜ」

乱之介は代助たちを見廻し、「いこう」と言った。

惣吉が忠字屋の腰高障子を、勢いよく開けた。

店の外は暗く、乱之介たちがゆく道はまだ見えなかった。

乱之介、代助、羊太、三和、そしてしんがりが大男の惣吉だった。

五人は暗い石神井川の堤を板橋へとった。

東の空の果てが薄っすらと赤色に染まり始め、川縁に目覚めた鳥の声が聞こえた。

五人がふりかえると、忠字屋の戸口に行灯の明かりを背に佇むお杉と忠太郎の小さな影が見えた。お杉の影が寂しそうに手をふった。

板橋は夜明け前の暗がりの中に、静かな黒い影を横たえていた。

板橋を渡らず、中山道を東へとれば江戸へ戻り、板橋を渡って西へとれば信濃、そして西国へと道は続いてゆく。

「じゃあ兄さん、みんな。ここで」

乱之介は板橋の袂、榎の木の下でふりかえり言った。

乱之介は代助たちと別れてひとり江戸へ戻り、代助たち四人は熊谷までいき、そこで乱之介を待つ手筈になっていた。

熊谷の宿で丸五日、乱之介がくるのを待って、それからみなで長崎へ向かう。けれども、もしも、もしも乱之介が現れなかったら、四人はそれぞれの旅だちをする。昨夜、みなでそう話し合ったのだった。

「乱さん、気が変わった。おれたちも江戸へ戻ることにした」

代助が橋の袂で言った。

「乱さんには内緒で、昨夜あれから四人でそう決めたんだ」

「乱さんが江戸で最後にやらなけりゃあならないことがあるんなら、それはおれたちにもやらなきゃあならねえことなのさ。そうじゃないかい、乱さん。だっておれたちはずっとそうしてきただろう。だから、これからもそうするのさ」

羊太が恐いくらいに真剣な顔つきになった。

「そうよ。ひとりで乱さんをいかせないわ」

三和が懸命に言い、

「おらは、どこまでも乱さんと一緒だ。乱さんと旅を始めたときから、決めていることだ」

と、惣吉が大きな身体をゆさぶって続けた。

乱之介は石神井川に架かる板橋の影へ目を投げ、それから江戸へ戻る中山道の宿場道へ見かえった。

まだ定かではない道が、なだらかにのぼっていた。

橋の袂の榎の枝葉のはるか高くに、暗い空が少しずつ青みがかり始めていた。

明けゆく空を見上げ、ゆくも戻るも所詮一本道だ、と思った。

そうだな、それでいいんだな、と思った。

乱之介は若い仲間たちを見廻し、ふ、と顔をほころばせた。

「いいのか、兄さん」

と、言った。

「みんな、江戸へ戻るのか」

「戻る」

四人がそろって応えた。

五之章　決戦霊岸島

一

六月のその朝は、強い雨になった。

隅田川の河口近くに面して霊岸島（れいがんじま）にある広大な大名屋敷の土塀に沿い、入り堀が廻（めぐ）っている。

入り堀をはさんで、銀町（しろがねちょう）の土手蔵やお店（たな）の土塀が切岸（きりぎし）の上につらなっている。

降りしきる雨が大名屋敷に繁（しげ）る木々を騒がせ、対岸のお店や蔵の瓦屋根に飛沫（しぶき）を上げ、入り堀の水面（みなも）に小波（さざなみ）をたてていた。

竹の網代（あじろ）の掩蓋（えんがい）に覆われた二挺だてきりぎりすが一艘（そう）、隅田川をくだって永代橋（えいたいばし）をくぐり、河口付近よりその入り堀へ漕（こ）ぎ入った。

櫓を漕ぐ二人の船頭は菅笠を目深にかぶり、蓑を着けていた。

霊岸島のどのお店も、薄く空が白んでやっとそろそろと起き出す刻限だった。

だが、その朝は雨のせいで空がいつまでも薄墨色より明るくならず、商いがまだ始まる前の町はひっそりと静まりかえっていた。

入り堀の河岸場には、川船が降りしきる雨に打たれ萎れているのが見える。

きりぎりすの櫓が寂しく軋り、雨音にまじって入り堀に響き渡っていた。その掩蓋の中には、これは編笠に蓑を着けたもうひとりが顔を伏せてじっと坐っていた。

きりぎりすは伊坂屋の主人・蝶三郎の営む銀町三丁目の料亭の海鼠壁の下を、ゆるゆるとすべっていった。

海鼠壁に作られた桐格子の引き違いの裏戸から五段下りた船寄せに、きりぎりすは横づけになった。

船が止まり、二人の船頭が櫓を櫓床に上げて身体を起こしたとき、ひとりはいつの間にか菅笠の下に猿の仮面をつけ、もうひとりの大男は鬼の仮面をつけていた。

猿と鬼が掩蓋の中から刀と槍をそれぞれつかみ、今ひとりに、

「いくぞ」

と決意を漲らせて言った。

「ふむ」

かえした今ひとりの編笠の下には、般若の仮面が爛々と目を光らせていた。

猿に続いて大男の鬼が、掩蓋を出て降りしきる雨に打たれた。

菅笠を雨の水飛沫が包んだ。

二人は河岸場へ上がり、石段を軽々と踏んだ。

石段を上がった裏戸の格子戸には閂がかかっていた。

「任せろ」

大男の鬼が猿の前に出た。

鬼は格子戸を片手でつかみ、片方の掌を開いて腰に溜めた。

強烈に突き出した掌が、格子の閂を圧し折った。

雨が格子の圧し折れる音を閉じこめた。

鬼と猿は格子戸をくぐり、格子戸から二階家の主屋の背戸口に石畳が数間続く裏庭へ踏み入った。

小広い裏庭は、枝ぶりの手入れされた松や楓の樹木が海鼠壁の上へのび、置石に錦鯉の泳ぐ池、趣きのある石灯籠が夏の草花の間に建ち、板戸が閉じられたままの主屋は、まだ眠りより醒めていないかのように人の気配がなかった。

ただ軒端より垂れる雨が、瀧のように地面を叩いていた。

鬼と猿は互いに目配せし、ひとりは松の木の下、ひとりは楓の木の下に身をひそめた。そうして、きりぎりすでは般若が所定の舳に控え、料亭の裏戸と入り堀周辺の見張りについた。

三つの人影は、降りしきる雨に気配をまぎらわして、おのれを消し去るかのようにじっと動かなくなった。


銀町三丁目の雨の小路を、小僧の蜆売りが「蜆やあ」の売り声を上げ、両天秤をゆらしつつ通りすぎた。

蜆売りの後ろから、菅笠に紙合羽、鼠の袴に黒の脚絆、黒足袋草鞋履きの両刀差しと、同じく菅笠紙合羽に裾端折りの中間風の二人が、降りしきる雨の中を急いでいた。

三丁目の中ほど、小路より路地奥へ入る桐の小綺麗な格子戸がたててあり、二人は格子戸の中へ足ばやに入った。

両隣の店にはさまれた路地の石畳が、伊坂屋の料亭の表までのびている。

料亭は伊坂屋の主人・蝶三郎の指図で、お金持ちが高級な料理を静かに落ち着いて楽しめ、歓談やときには密談ができるよう、表店の陰に隠れて町家の隠れ処ふうに贅を凝らした造りになっていた。

店が開く普段は縦格子両開き戸の軒に長暖簾が下っているが、その刻限、降りしきる雨もあって大戸に閉ざされたままだった。

侍のひとりが大戸の潜戸を叩いた。

「はいはい、どちらさまで」

中から店の者が応答した。

「笠原家御家老・桧垣さまの知らせを、こちらにご逗留の来栖さまにお持ちいたした。急ぎでござる。開けてくだされ」

店の者は桧垣さまと聞き、疑いもせず急いで潜戸の閂をはずした。

敷居を鳴らして潜戸が開けられ、ずぶ濡れの紙合羽に菅笠に顔を隠した二人の侍が声もなく前土間に入ってきた。

「雨の中、ご苦労さまでございます」

そう腰を折って言い、見上げた菅笠の下の翁の仮面に店の者は肝をつぶした。

「ててて、てんぽお……」

世直党が出た。

江戸市中に、翁、烏、猿、鬼、そして般若の仮面をつけて疾風の如く出没する天保世直党の名を知らぬ者はいない。極悪非道の大泥棒という噂もあれば、お上に叛く疾風の義賊と誉めそやす人々もいる。

翁の後ろに続く烏の仮面が、潜戸を閉ざし閂を下ろした。

店の者は土間に腰を抜かしたが、恐怖で叫ぶことができなかった。

「騒ぐな。大人しくしていれば危害は加えぬ。雷電組に用があるのだ。どこだ」

翁が腰を抜かした店の者の頭の上から、殺気を含んだ低い声を響かせた。

店の者は震えながら、二階を指差した。

裏店ではあっても、大戸を入ると広い前土間があり、落ち縁から板敷の店の間に上がり、そこから広い階段が二階へ上っている。

階段を上がると二階廊下は左右に分かれ、廊下の両側に小座敷や大座敷、中座敷の引き違え帯戸をつらねている。

片側の座敷には、裏庭と入り堀、入り堀をはさんで大名屋敷の樹林が眺められる出格子の窓があり、反対側の座敷には表側の路地に面した明かりとりの格子の小窓しか開いていない。

「来栖と原の部屋はどこだ」

「かか、階段を、あ、上がって、みみ、右奥左手ぇぇ」

店の者は翁に掌を合わせた。

「人数は」

「ら、雷電組のみなさんが、じゅじゅ、十人。笠原家のお侍さまが、さ、三人で……命ばかりは、おたおた……」

「笠原家の侍がいるのか。全部で十三人だ」

翁と烏が頷き合った。

「命が惜しくば台所の土間にいて、終わるまで静かにしていろ。われらの仲間がこの店をとり囲んでいる。逃げ出す者はすべて討ち果たす。誰がきても戸を開けるな。いいな。台所へ戻り、みなにもそう告げろ」

店の者は首を細かく震わせた。

「いけ」

そろそろと這(は)っていく。

そこへ桶(おけ)を下げた下女が、通り庭の仕きりの暖簾を払って前土間へ、忙(せわ)しげに草履を鳴らして入ってきた。

翁と烏の仮面を見て「きゃっ」と叫んだが、即座に飛んできた石飛礫(いしつぶて)が桶をはじき飛ばし、下女の叫び声は凍りついた。

「声をたてるな。次はおまえの顔を潰すぞ」

烏が次の石飛礫をかまえ、仮面の下のくぐもった不気味な声で言った。

恐怖で凍りついた下女は動けなかった。

「女、この男を連れて台所へ戻れ」

翁が命じた。

だが下女は男よりも肝が据わっているのか、腰を抜かした店の者に肩を貸して店の奥へ逃げこんでいった。

「やるかやられるか、決戦だ、兄さん。手筈(てはず)通りに」

「いいとも。地獄の底まで乱さんと、ひとっ走りだぜ」

二人は紙合羽を、素早く脱ぎ捨てた。

翁が店の間を静かに踏み締めた。

わずか数歩で階段を駆け上がり、階段はかすかな音もたてなかった。

烏は翁が階段の上に没するのを確かめてから、潜戸のそばに身をかがめた。

お店中がひっそりとした。

屋根瓦を打つ雨の音が、恰(あたか)も、すだまのうなり声のように聞こえた。

翁は階段の上から左右に分かれる廊下を、右奥へととった。

冷たく濡れた草鞋が廊下を踏み、前後を薄暗がりが張りつめていた。

天井は低いが、膝を折れば十分上段にとれる。

廊下両側の引き違いの帯戸に、異なる絵模様が描かれていて、部屋ごとの絵模様を変えていると思われた。

屋根に鳴る雨音に寝息がまじっていた。

そのとき、どこかの部屋のかすかなゆれが足下に伝わった。

途端、竹の絵模様の描かれた帯戸が、いきなり引き開けられた。

帷子を腕まくりした侍が大刀を下げ、敷居に立っていた。

目が合った。

翁の仮面に気をとられたか、一瞬、侍の動きが止まった。

双方声もなく、翁が膝を折り抜刀の体勢に入ってから侍の手が刀の柄へのびた。

翁が先に、抜き打ちに斬り上げた。

白刃が血肉を裂き、抉った。

侍は「わっ」と初めて叫び、畳をゆるがして背後の暗がりへ沈んでいく。

すかさず、竹模様の帯戸を座敷内へ蹴り倒した。

蹴り倒された帯戸の先に、暗い座敷が開けた。

多数の人の蠢き（うごめ）が座敷の奥に見えた。人の蠢きの混乱が見えた。

混乱と喚声の中から「出合えっ」と声が飛んだ。

翁は一歩二歩と踏み入りながら、白刃を抜いたひとりを左へ薙ぎ（な）、かえす刀で抜刀半ばのひとりを右へ薙いだ。

二人の悲鳴が上がり、左右に薙ぎ倒された二人の間から、続いて黒い影が袈裟（けさ）に打ちかかってくる。

「だあっ」

影が喚い（わめ）た。

翁は半歩右へ廻り、袈裟懸が肩をすべる瞬時に首筋へ刃を咬ま（か）せた。

膂力（りょりょく）をこめて撫で（な）斬った。

撫で斬られた侍の絶叫が暗がりの中にはじける。

刹那（せつな）、上段にとった打ち落としが翁の背中に襲いかかった。

打ち落としが、がつ、と音をたてて鴨居を打った。

そこは竹の座敷と梅の座敷が続き、雷電組の男らは二部屋に布団を並べていた。

翁は撫で斬った動きのまま反転、生じた間を逃さず男の胸板へ突き入れた。

突き抜かれた男は浄瑠璃（じょうるり）の木偶（でく）のように口を開き、声を失った。

男の腹を蹴り刀を引き抜く。

男は口から血を噴きながら飛び退いた。

途端、反転した背後へ追い打ちに斬りかかってきた一撃を、再び身を翻し、激しくはじき上げた。

追い打ちの一刀が低い天井へ突きたった。

即座に袈裟懸に打ち落とした。

「ひゃあぁっ」

男は叫んで、天井へ突きたった刀を捨て外の廊下へ横転しながら逃れた。

すかさず追った。その額に、

「喰らええっ」

と、雄叫びとともに横からの撃刃が打ちかかる。

翁は躱しきれなかった。

菅笠がくだけ、そむけた仮面が二つに割れ、菅笠と一緒に飛び散った。

刃が仮面を失った乱之介の額を、わずかにかすめた。

だが刹那に払った胴抜きが男の腹を抉り、二の太刀をはばんだ。

身体を折った男の胸を、肩で突き上げた。

叫び声を上げて吹き飛んだ。男が、窓の二枚の板戸を突き倒した。出格子をくだいて降りしきる雨が水飛沫を上げる廂屋根(ひさしやね)へ転がり、叫び声を残して転落していった。

朝の明るみが部屋に差し、血の海と化し、うめきながらのたうつ者やすでに絶命した者らが部屋中に転がる乱戦の場を、無残に照らし出した。

雨のざわめきが無数の死者の読経のように谺(こだま)し、吹きこんでくる湿った風が血塗られた乱戦の熱気を払いのけた。

乱之介はふりかえり、正眼にとった。

膝を折り、腹に力を溜めた。

残りの二人は乱之介と相対し、一瞬のためらいを残してから、廊下を鳴らして声もなく逃げていく。

しかし乱之介は束の間も緊張をとかなかった。

廊下に出た。

すると、廊下の奥の部屋から襷(たすき)をかけ、袴(はかま)の股立ちを高くとって革足袋(かわたび)に拵えた男が、ひとり、そして二人とゆっくり現れた。

二人は、額からひと筋の血を垂らす乱之介を、凍りついた目で見つめた。

五尺七寸、と五木屋で言った来栖兵庫より原大二郎は一寸ほど背は低いが、部厚い身体つきだった。

「凄まじいな。腕利きをそろえたのだが」

来栖が窪んだ奥の目を光らせた。

「五木屋の襲撃でも七名を失った。二十六年、いやあれから二十七年のわれらの働きの中で、これほどの痛手をこうむったのは初めてだ」

片や原は何も言わず、左手で鯉口をきった。

「斎、乱之介だったたな。天保世直党などと埒もない世迷い言をほざいているおぬしなど相手にする必要はあるまいが、おぬしのくだらぬ素性が邪魔なのだ。ゆえに消えてもらうしかない。おぬしごときに名乗るのも煩わしいが……」

来栖はそう続け、不敵な笑みを投げた。

「知っている。来栖兵庫、原大二郎だな。おぬしら、事情を心得て人を斬って廻っているのか」

乱之介は正眼を下段にかまえた。

「人を斬るのに事情などいらぬ。生きるのに事情がいらないのと同じだ。乱之介、薪割と同じだよ。火を焚くために薪を割る。人も斬る。それだけだ」

来栖の笑みが、青白い炎になってゆらめいた。

雨音にまじり、階下や裏庭より叫び声と斬り合いの音が聞こえてくる。

「原大二郎、二十七年前の春、なぜお濃さまを殺した」

乱之介が言うと、原大二郎が首をかしげ表情を訝（いぶか）しげに歪めた。

「お濃さまと許嫁（いいなずけ）だった、お濃さまを許せず斬ったと言ったそうだな」

来栖と原が、引き攣（つ）るような笑い声をこぼした。

「おまえ、お濃さまの子だと、笠原家の血筋だと、本気で思うておるのか。言うたろう。おまえなどどうでもいいのだ。そんなことがあるはずがなかろう。あるのは埒（らち）もない噂だ。噂が嘘と知りながらそれを利用する者がいる。仕方がなく、われらは噂を断つのだ。それだけだ、乱之介」

来栖が嘲笑（あざわら）った。

「来栖、二十七年前、三村泰兼という国家老を暗殺したのはおまえだな」

「若造が、知ったふうなことを。おまえのような野良犬が、政（まつりごと）などわかりもせぬくせに古い話を持ち出しおって、面倒臭い男だ」

「来栖、因果だな。桧垣鉄舟の指図でまだ十代のおまえは、わけもわからず人を斬って廻った。だが、仙台城下の原野で肝心のお濃さまの子をおまえは殺せなかった。来栖、原、おまえらは今日ここで死ぬ。あのときのおまえの雷電組を潰すのだ。おまえが死んでもみなおまえのことなど忘れてしまう。笠原家は、来栖などという人斬りとはかかわりはない、と言うだろう」

あっはっはっは……

来栖が殊さらに笑い声を響かせ、原が顔をひきつらせた。

そのとき、雨がさらに激しさを増したかだった。

「若造、やはりおのれの血筋を自慢したいか。世迷い言だ。おまえなど、ごみ箱をあさる野良犬にすぎん。情けだ。野良犬でも成仏できるように教えてやる」

来栖が膝を折り、静かに刀を抜いた。

「お濃さまは貧しい徒組の娘だった。おれより三つ下の美しい娘でな。部屋住みでなければおれが嫁にもらうところだった。それが主家の御中臈に召された。当主の子を産んだ。桧垣さまが言うたのだ。御正室の櫂の方がご機嫌を損ねておられるとな」

原が来栖に倣い、抜刀して来栖と廊下の左右へ分かれ始めた。

「だからおれは桧垣さまに言った。御子はご病死なされ、櫂の方はご機嫌をなおされるでしょうとな。それから原には、元許嫁のお濃さまを嫉妬に狂って討てと言った。邪魔な国家老とお濃さまの御子はおれが病死させると。だが、気づいたやつがいた。

むだなことに、そいつは忠臣ぶって御子を抱いて逃げた。城下はずれまで追って討ち果たしたのだがな……」

　来栖は乱之介の左へ前方、原は右前方を占めた。

　乱之介は原へ下段の剣を向け、来栖との間を計った。

　二人を廊下の奥へさらに追いつめるべく、ゆっくりと歩みを進めた。

　正面左右の二人は逆に乱之介との間を保つがごとく、ゆっくり退いていく。

「乱之介、所詮は世迷い言だ。世迷い言をほざくおまえみたいな野良犬は負けるしかない。勝った者だけが生き残る。われらのようにな」

「来栖、世迷い言に動かされて江戸にきたのはおまえだろう。おまえは世迷い言の意味を知らないのだ。世迷い言が人を動かし、政を動かす。それを知らぬおまえは、おまえ自身の死の意味も知らずに死んでいくのだ」

　壊れた出格子窓の廂屋根に激しい雨の飛沫が上がり、湿った風が廊下にまで流れてきた。

「たわけ……」

　じりじりと退いていた来栖が、奇声を長く響かせ、爪先で廊下を鳴らした。

　来栖の一撃がうなりを上げた。

二

逃げた二人が階段を駆け下りたとき、最初の石飛礫が前をゆく男の眉間(みけん)を痛打した。

「あっ」

階段を踏みはずし、手摺(てすり)につかまったところに二打目の石飛礫がこめかみを襲い、よろめいた男は階段の半ばから前土間まで転げ落ちた。

今ひとりは、階段の下に待ちかまえていた烏が次々と浴びせる石飛礫に、堪(たま)らず階段半ばの手摺の向こうへ飛び下りた。

男は階段下から廊下を、帷子の裾を乱して逃げる。

烏は追いながら、剝き出しになった足へ石飛礫を見舞った。

二発、三発と石礫が太腿や踝(くるぶし)にはじけた。

「あっつつ……」

男は片足を抱えてよろけ、階段下の納戸部屋の帯戸を突き倒して転げこんだ。

一尺六寸の脇差を抜き放ち、烏は納戸部屋へ突進した。

「うおおお」

叫びつつ飛びこむと、男が起き上がり片膝をついたところだった。
一撃を浴びせた。
男はそれを刀をかざして必死に受け止める。
瞬時もおかず、男の胸を蹴り飛ばした。
男が仰のけに倒れたところへ、腹に跨った。
刀を握った男の手を膝頭で押さえる。
「や、やめろ、やめろっ」
男が膝の下で暴れ、片方の手をふり廻す。
「じたばたするねえ」
上からひと突きに突き入れた。
男が叫び、のた打った。
痙攣を始め、長い叫び声が尾を引いた。
男は片方の掌で脇差の刀身をつかんだ。
かまわず、さらに脇差を突き入れた。
男の口から苦しげな息がもれ、見る見る血があふれた。
脇差を刺した胸から血が霧のように噴いた。

烏は顔をそむけ、脇差を抜き取り、痙攣する男から転がり下りた。

咄嗟に、先に土間へ転げ落ちた方を思い出した。

前土間を見ると、男が潜戸に凭(もた)れて閂(かんぬき)をはずしているところだった。

「待てえっ」

烏は前土間へ突っ走った。

閂がはずれ、潜戸が開き、土砂降りの雨が見えた。

くぐり抜けようとする男の背中へ飛びかかった。

腕を首へ廻し後ろへ引き起こし様、背中を貫いた。

悲鳴が上がり、大戸をたてた路地を叩く雨の飛沫が、二人にかかった。

烏が潜戸を、即座に閉めた。

「殺される身を、ゆっくり味わえ」

後ろ向きに引き廻し、男を前土間に投げ捨てた。

馬乗りになり、脇差を抜きかけているところに、通り庭の仕きりの暖簾から恐る恐るのぞいている下男下女などの店の者らと目が合った。

店の者らはかえり血を浴びた烏の仮面に見つめられ、「きゃあっ」と叫んで逃げた。

二階廊下左奥の部屋は、笠原家の番方二名と番方頭の田村蔵六の寝所にあてられていた。

勤番侍の外泊などあってはならぬことだが、事態が窮迫しており、雷電組の助勢のため江戸家老・桧垣京左衛門に隠密の行動を許されていた。

上屋敷の士らは、三名は御家老の用で使いの旅に出ていると思っていた。

斬り合いが始まり、自分たちが狙っていた世直党の逆襲とわかったとき、

「これはまずいことになる」

と、田村は思った。

町家で勤番の士が斬り合いにまきこまれ、町方の調べが入ればむつかしい事態になりかねなかった。

「退散するぞ」

慌てて袴を着け廊下へ出たとき、雷電組のひとりが廊下の前方で転倒したところが見えた。

「屋根から逃げろ」

田村が叫んだ。

座敷の板戸を開け放ち、ひとりが出格子の窓を蹴り破った。

無残に破れた格子窓から田村が廂屋根（ひさしやね）に出て、二人が続いた。

沛然と降りそそぐ雨に足をすべらせながら、田村が庭の草地へ転げ落ちた。

続く二人が田村の左右に廂屋根から飛び下りた途端、猿の仮面が奇声を発して斬りかかってくるのを認めた。

「きききき、きええ」

刀を抜く間もなく、ひとりが鞘でそれを払う。

するとまた一方から、水飛沫を散らしつつ巨大な鬼がもうひとりへ槍をかまえて突進してきた。

番方は抜刀し鞘を捨てたが、同時に穂先に貫かれ、叫び声とともに身体を折り畳んだ。たまらず刀を落とし、槍をつかんだ。

しかし鬼は槍を突き入れたまま吠え、主屋の廂下の板戸へ男を押しこんだ。

そこは一階縁側の板戸で、槍に貫かれた侍は板戸へ身体をめりこませた。

田村が慌てて鞘を払い、鬼の背中へひと太刀を浴びせる。

踏みこみが甘く、深手を与えられなかった。

ひと太刀浴びた鬼は瞬時も怯まずふりかえり様、田村へ瓦のような平手をみまった。

雨の中を田村は吹き飛んだ。

が、鬼は追い打ちをかけなかった。

猿がもうひとりの番方に塀ぎわへ押しこまれていたからだ。

猿と打ち合う番方の鞘が割れ、刀身が剝き出された。

右、左、と打ち下ろす袈裟懸をかろうじて払ったものの、上段からの一撃に猿は海鼠壁（なまこかべ）の下へ突き飛ばされ、尻餅をついた。

「惣吉いっ」

猿が四肢を投げ出し叫んだとき、番方は背後に押し寄せる巨大な岩に気づいた。

「ああ？」

番方はわけがわからなかった。

雨の幕の中から突き出された丸太が、番方の横顔を打ち、海鼠壁へ叩きつけた。

番方の顔は海鼠壁と惣吉の掌にはさみつけられて潰れ、歯が小石のようにこぼれ落ちた。叫び声も上げられず、番方は尻餅をついた羊太の足下にぐにゃりと崩れ落ちた。

田村はそのとき、自分が逃げるのに精一杯だった。

鬼が自分を捨て塀ぎわへ突進していく隙に、裏戸へ走った。

引き違いの格子戸を開けると、河岸場に川船が見えた。

「船頭、船を頼む、船をっ」

舳（へさき）にうずくまる編笠をかぶり蓑（みの）を着た人影へ喚いた。

だが石段を下りかけた瞬間、蓑が起き上がり黒塗り重籐(しげどう)の弓を引き絞って狙いを定めていることに気づいた。

編笠を上げた般若の仮面が見え、血が引いた。

般若の仮面に死相が見えた。

だが、間に合わなかった。

しゃあん……

と放たれた矢が田村の胸に突きたった。

河岸場の石段を三段まで下りたところで、勢いが止まり、身をよじった。怒りがこみ上げ、

「下郎っ」

と、叫んだ。

しゃあん……

二の矢が放たれた。

田村は矢の衝撃に押された。

三の矢が突きたったとき、足をとられ河岸場の水ぎわまですべり落ちた。

田村は水ぎわに坐りこんだ。

入り堀の灰色に沈んだ光景の中に、川船の掩蓋（えんがい）が雨に打たれている。

すぐ目の前に舳があり、手をのばせば届きそうだった。

だが舳には、般若が物憂（ものう）げに佇（たたず）んでいた。

般若は雨の中から田村を見下ろしていた。

濡れた般若の顔が、死にゆく田村を憐れんで泣いているかのようだった。

「助けて……」

声をふり絞ったが、般若は動かなかった。

自分の刀が、河岸場の石畳に転がっているのが見えた。

身を支えられず、入り堀の水面へ凭れるように倒れていった。

水は冷たくはなく、身体が楽になった。

最後に見上げたとき、入り堀の灰色の水面に夥（おびただ）しい雨の波紋が見えた。

「たわけ……」

来栖のうなる一撃を、乱之介は巻き上げるようにはじきかえした。

「せえい」

と、原が打ちこんできたのと瞬時の差もなかった。

乱之介は横に払い、かえす刀で来栖の二の太刀を受け、刀をからめて巻き落とし、それを巻き上げた。

その勢いに、一歩二歩踏みこんだ来栖は後ろへ大きく一歩退いた。

が、そこで踏み堪えた。

同時に原が袈裟懸に打ちかえす。

乱之介は身体を躱しつつ、原へ袈裟懸の逆襲をかけた。

鋼と鋼が激烈に打ち鳴り、火花が散った。

火花が散り間ができた瞬間、肩から突進して原の部厚い身体を突き飛ばした。

原の身体が宙を飛んだ。

背中から帯戸へ激しくぶつかった。

楓が描かれた帯戸が鴨居をはずれ、原とともに楓の座敷へ倒れこんでゆく。

そこへまた、体勢をなおした来栖の撃刃が襲いかかる。

うなる一閃が、身体を折り刃に沿わせた乱之介の髪をかすめた。

数本の髪が薄暗い廊下に、かすかな煙埃のように舞った。

乱之介は片膝を落とし、空を斬る来栖の小手を狙った。

来栖は上体を反らしてそれをよける。

のがさず膝を蹴って、突進しながら上段より斬り落とす。

攻める乱之介の刃と受ける来栖の刃とが咬み合い、刃を咬み合わせたまま乱之介は来栖を廊下のさらに奥へ、たちまち押しこんだ。

しかし、数歩後退してから来栖は堪えた。

「たわけえっ」

また叫んで逆に押しかえし、両者の動きが止まった。

刃と刃が、ぎりぎりと咬み合った。

来栖の眼窩の底の目が、怒りの炎を燃やしていた。突然、

「死ねえっ」

と、背後に原の声が迫った。

乱之介は身を翻し、来栖の圧力をいなした。

原の一撃が背後から襲いかかり、反転した乱之介といなされた来栖を分けるように荒々しく両者の間に原の身体が流れた。

乱之介は飛び退った。

体勢をかえした瞬時と、原の頭上へ浴びせた一刀が、頭蓋を割るのが同時だった。

一文字髷が飛び散り、原は首を枯れ木のように折った。

刃は原の眉間に達する深さまで食いこんでいた。

刹那、身体を折って沈んでゆく原の影の奥から、来栖の新たな攻撃が繰り出された。

乱之介は、刀を引き抜くのに遅れた。

来栖の袈裟懸を払ったものの、来栖の圧力に身体が泳がされた。

二の太刀三の太刀と続けて浴びせかかる撃刃が、羽ばたきのように乱之介の周りを飛び廻り、うなり、咬みついてくる。

それをぎりぎりの差で防ぎながら数合打ち合い、乱之介は階段の下り口まで追いつめられた。

階段を落ちる一歩手前、乱之介は踏み止まり、崩れた体勢のまま打ちかえす。

が、その反撃を待っていたかのように来栖の払った一撃が、かあん、と高らかな音をたてて撥ねかえした。

すると、乱之介の刀は鍔から一尺少々を残して折れ、折れた刀身がくるくると回転しながら帯戸へ突きたった。

「しゃあっ」

来栖が勝利を確信した雄叫びをあげ、膝を折り上段にとった。

だが、乱之介は崩れた体勢をたてなおさなかった。

崩れたまま、来栖の懐へ身体ごとぶつかったのだ。

それしか手はなかった。

「ええいっ」

来栖は身体を反転させ、懐へぶつかった乱之介の首筋を柄尻（つかじり）で打ち据えつつ、乱之介の身体をひねり倒した。

堪えきれず、乱之介は廊下に叩きつけられ一回転した。

「最期だ」

上段にかまえた来栖が一歩踏み出した。

今一歩、踏み出した途端、来栖の身体がゆらめいた。

「おのれ、ちぃぃ」

来栖が顔を歪めた。

乱之介を睨み、今度は一歩退いた。

来栖の後ろには階段がある。

ゆらめく身体を、来栖は上段のかまえを崩さずかろうじて支えた。

乱之介の折れた刀が、来栖の脾腹（ひばら）に鍔に達するまで突きこまれていた。

乱之介は帯戸に凭れ、来栖を見上げていた。

「らんの……」

何か言いたげだった。

けれども、言葉はなかった。

ゆらめく身体の支えを失ったかのように、来栖はゆっくり長いときをかけて、上段のかまえのまま仰向けに倒れていった。

それから、階段を転落した。

乱之介は激しい呼吸を繰りかえした。

胸の鼓動が、屋根を打つ雨音とまじった。

降りしきる雨の中、遠くで蜆売り(しじみう)の小僧の売り声が聞こえた。

「乱さん、乱さん」

階段の下から代助の呼び声がした。

乱之介は起き上がった。

荒い呼吸を整えつつ、階段の上に立った。

見下ろすと、階段の下に倒れた来栖の傍らに烏がかがみ乱之介を見上げていた。

代助は烏の仮面をとった。

「兄さん、終わったか」

乱之介は階段の手摺で身体を支え、声をかけた。

「ああ、終わったよ」

「いこう」

「ああ、いこう。みんなでいこう、乱さん」

代助がかえした。

三

その夏、陸奥(むつ)笠原(かさはら)家の当主・周定(ちかさだ)さまが病のため国元において急逝なされた。

御世継ぎは御年十歳の斉重(なりしげ)さまと決まっていて、御公儀にも届けられてはいたが、周定さまはまだ年若く、笠原家の誰もが、まさかこんなに急に、と驚きの声を隠せず、悲嘆にくれた。

その周定さま御葬儀の支度のさ中、御葬儀をとり仕きる御側用人・桧垣鉄舟(てっしゅう)の御駕籠が御葬儀場となる大年寺へ向かう途中、十名を超える刺客に襲われた。

刺客は笠原家の青葉会に属する、年若い家士たちだった。

みな旧弊に沈む笠原家を愁(うれ)い、お家の政の改革を目指し、己の立場を利用して政を牛耳りお家の富を壟断する御側用人・桧垣鉄舟を倒すべく、周定さまが亡くなられた今こそそのときと、決起したのだった。

行列の供侍と刺客が激しく斬り結び、双方死者と負傷者を出しながら、ついに周村さま周定さま二代に仕えた御側用人・桧垣鉄舟は刺客らの手によって討たれた。

青葉会の面々が《お濃さまの変》と呼ぶお家騒動から二十七年。斉広さまが亡くなられてから清浄院となられ、長く後ろ盾となっていた櫂の方が亡くなられてから十二年。桧垣鉄舟、五十七歳の生涯だった。

桧垣鉄舟が討たれたことにより、笠原家は混乱した。

えらいことになった。これからどうなるのだ。御家老さまは。御奉行さまは。御重役方は……

噂が飛び、様々な会派、組仲間らが寄り合い、お家の行く末を案じ、中には、

「われらも一丸となって行動を起こすべきだ」

と、気勢を上げ、組と組の間で乱闘騒ぎまで起こった。

家中の家士のみならず城下町民にまで、《奸臣・桧垣鉄舟》という呼び名と風評が広まり、桧垣派の重役が三名、続けて何者かに暗殺されるという出来事が起こった。

六月の半ばがすぎ、笠原家の中枢から桧垣派の一掃と粛清が始まった。

国家老が切腹となり、江戸家老・桧垣京左衛門は、雷電組なる不逞の浪人集団と結託し私怨のため家士を多数殺害した罪を問われ、国元へ戻され斬首の刑を受けた。

また桧垣家は禄を召し上げられ、改易となった。

さらに番方役方を問わず、長年、桧垣派に協力した家士の多くが、切腹、追放、減俸などの厳しい処分が科せられた。

城下の豪商、領内の大庄屋など、桧垣と結んで私腹を肥やしたとする町民や百姓の間からも厳しい咎めを受ける者が出た。

雷電組の道場は町方がとり囲み、数名が残っていただけの男らが牢に入れられた。

来栖兵庫の妻子は追放になった。

そんな中、江戸の豪商伊坂屋は江戸上屋敷御用達の役目をとかれた。

しかし、江戸上屋敷にも改革の手はのびたものの、豪商・伊坂屋をこれまでの桧垣派と結んでいた罪によって咎めることは、お家騒動を御公儀に調べられるきっかけになるのではないか、という判断が働き、それ以上の糾弾は行われなかった。

伊坂屋の蝶三郎は、六月初めに起こった銀町三丁目の料亭での斬り合いによって発覚した、大勢の浪人者を逗留させていた経緯を聞かれ、胡乱なるふる舞い不始末、と叱りを受けた。

ただ、蝶三郎は、六月のその斬り合いが、天保世直党による雷電組襲撃だった事情はいっさい話さなかった。

使用人らにも厳重に口外することを戒め、陸奥より江戸見物にきた浪人らと、笠原家の三名の勤番侍らとが、酒に酔ったうえでの喧嘩、私闘であったと釈明した。

町奉行所の叱りを受けたのち、蝶三郎はいっさいの稼業を倅（せがれ）に譲って、隠居の身となった。


夏の終わりのある夕刻、南茅場町（みなみかやばちょう）の大番屋を出た大江勘句郎は、手先の文彦と坂本町の煮売屋で晩飯代わりの酒を呑んだ。

西の空が赤く染まって、外はまだ明るかった。

「旦那、どうぞ」

と、文彦は大江の猪口にちろりを差し出す。

大江は猪口を重ね、文彦にも「どんどんやれ」と言いながら、いい気分では酔えなかった。

「う、ふうう」

と、気の重そうな溜息をついた。

深川の赤鼬と呼ばれていた文彦は、酒のせいでいっそう赤くなった赤ら顔をほころばせ、大江に言った。

「うふ、旦那、どうかしやしたか。お疲れじゃあござぃやせんか」

「ああ、まったくよ。くたびれるぜ」

大江は応えたものの、くたびれてなどおらず、ただつまらなかった。

「面白くねえぜ。なあ、文彦。そう思わねえかい」

「へえ、何がでやす」

「だからよ、世直党だよ。やつら、どこへ消えやがった。まったく、惜しいことをしたぜ。狙いはあたったんだがな。あの深川の浮浪児どもや、人買の婆あや、鯨捕りの大男を、おれのこの手でふん縛るところまできてたんだがな」

「そうでやしたね。あいつらのために、旦那とあっしは日本橋の高札場で畚に入れられ大恥をかかされるし、旦那は鬼に歯を折られるし、あっしは般若に足を矢で射られてまだ時どき痛むしで、散々でやすからね」

大江は唇を歪めた。

文彦にそんな思い出したくもないことを思い出させられ、大江は舌打ちした。

「それから小塚っ原でも、あっしも旦那も散々な目に遭わされて、あいつら、おれたちより一枚も二枚も上をいきやがる。我慢がなりやせんぜ。ねえ、旦那」

文彦はさらに続けた。

猪口をあおり、また「う、ふうう」と溜息をついた。

「勘弥の野郎がよ、つまらねえ欲を出しやがって。あの馬鹿がおれの言う通り働いてりゃあ、今ごろは、世直党の悪党どもは打首獄門になってたはずなのによ。くそ面白くもねえ」

ちろりや煮物の皿を載せた盆へ猪口を、乱暴においた。

竈のそばの亭主が、「へえ?」という顔を大江に寄こした。

「けどまあ、花田屋は潰しちまったんだし、せめて、ざまあ見ろ、じゃねえでやすか。お上に逆らうやつは容赦しねえぞと、思い知らせてやったんだし」

「まあな。うふふ……」

うふふ……と、大江と文彦は大して面白くもない含み笑いを合わせた。

木挽町の読売屋・花田屋は町方の命で家財没収、主人の勘弥は江戸払いになった。

一刻ほどして、大江と文彦は煮売屋を出た。

「文彦、もう一軒つき合え」

大江はほろ酔い加減で懐手に袖を夜風になびかせ、文彦は「へい、おつき合いいたしやす」と従い、すっかり暗くなった坂本町と山王御旅所の境の通りを南へとった。

大江は面白くなかったのが酔いにまぎらわして機嫌がなおり、鼻歌を夜道に流しつつ、気怠げに雪駄を鳴らした。

二人が御旅所の鳥居の前まできたときだった。

御旅所の真っ暗な鳥居の奥から黒い人影が、とっとっと、と参道の石畳を鳴らして小走りに走ってくるのが見えた。

大江が人影に気づき、ん？　と顔を向けた。

猫背に懐手のまま、なんの警戒もしなかった。

後ろの文彦も気づき、あれ？　と小首をかしげたけれど、これもなんの警戒もしなかった。

「大江の旦那」

影が小走りに近づきながら、愛想よくひと声かけた。

「ああ……」

大江は返事をするようなしないような声を出した。

鳥居より走り出てきた人影が大江に、わざとらしく軽くぶつかった。

「てめえ、気をつけろ」

大江は少しよろめき、手を出して影を小突いて怒鳴った。

「誰だ、てめえ」

後ろの文彦が喚いた。

影は大江から逃げ、五、六歩先の暗がりで立ち止まった。

それからふりかえった。

その手に何か得物らしき物を握っていた。

ああ？　と文彦は小首をかしげた。

暗くても、影に見覚えがあった。

影が鼻眼鏡をなおす仕種をしたのがわかった。

「て、てめえは、はなだ……」

花田屋の勘弥だった。

暗がりを透かし見ると、握っている得物は出刃包丁だった。

そのとき大江の身体が、ぐらぐらっ、とよろめき、道端へ横転した。

「だんなあっ」

文彦が大江の傍らへ走り寄った。

大江は白衣の裾を乱し、痩せた足と赤い褌（ふんどし）を丸出しにして横倒しになった。

腹を押さえて、うめいた。

「いてえ。あ痛たたた……」

「だんな、旦那っ。ど、どうしやした」

「ささ、刺された。痛え、痛えよう」

文彦は大江を助け起こし、

「大丈夫でやすか」

「いしゃ、医者だ。畜生め」

「勘弥、てめえ、旦那を刺しゃあがったな」

文彦は五、六歩先の勘弥の影へ怒鳴った。

「ざまあ見やがれ、腐れ役人が。おめえ、文彦だな。おめえもやられてえか」

勘弥が言い、出刃包丁を腰のわきに握りなおすのが見えたから、文彦は途端に恐くなった。

助け起こした大江を放して尻餅をつき、尻を夜道に擦って退った。

勘弥が鼻眼鏡をなおし、唇を歪めた。

「おめえなんぞの芥は、殺す値打ちもねえ」

放り捨てられた大江が、腹を押さえ、右や左へ身体をよじった。

夜目にも、指の間から血があふれ出しているのがわかった。

文彦は起き上がり、勘弥と睨み合った。

途端、「わあっ」と叫んで踵をかえし、走り去った。

夜の町の彼方より風鈴そばの風鈴の音がか細く聞こえ、どこかで犬が吠えていた。

四

天保十年の秋、陸奥の大家・笠原家の城内を、幼き新当主・斉重さまの御側用人に就いた竹腰亮善が、草履とりの中間に槍持ちのほか家士ら七、八名にとり巻かれ、城内の石畳を大手門の方へくだっていた。

とり巻く家士らはみな昔と違い、今は裃に身形を整えた元・青葉会の面々だった。

この夏の桧垣一味の佞臣らを退け、お家の改革を成し遂げたのち、新しき体制の下で年は若くとも出世の道が開けた者たちだった。

北国において最も勇壮で美しき城と称えぬ者のないお城の木々では、つくつくぼうしがしきりに鳴いていた。

一行は竹越を中心に活発なやりとりを交わし、明るい笑い声に包まれていた。

「……それはなんと申しましても、竹越さまはわれら青葉会の誇りですよ。竹越さまが江戸上屋敷においておひとりで青葉会を支えてこられたからこそ、わが笠原家は桧垣らの悪政から救われたのです」

「まさにそうだ。桧垣一味の暴虐、悪だくみの中をよく耐えてこられました。おのれの一念を苦難を乗りこえ守り通してこられた竹越さまこそ、武士の鏡と申せましょう」

「われらも見倣い、身を厳しく律しなければなりませんな」

「そうですよね。自分など、未熟者でお恥ずかしい」

竹越が家士らへ笑みをかえした。

「それほどでもない。自分らしく、武士としてお家のために正しいふる舞いを心がけようとしてきただけだ。たまたま今の役廻りがわたしに廻ってきた。別にわたしでなくてもよかった。普通のことだ」

「普通なわけがないじゃないですか。竹越さまだからこそできたんです。竹越さまでなければ、誰にこのたびの偉業が成し遂げられたでしょう」

「まあ、確かに、つらいことの連続だったが、仲間の顔を思い出し、お家の行く末のみを考え、頑張れたという思いはあるがな」

「そうですよ。そんなにご謙遜なさるにはおよびませんよ。もっとご自分を自慢に思われたらいいのですよ。なあ」

「同感、同感……」

一同が高らかな笑い声をそろえた。

うっふっふ……

と、竹越は言い表しようのない満足感を抑えられなかった。

そのとき、ひとりの家士が言った。

「それはそうと、竹越さま。江戸の乱之介とか申す御本家のお血筋を引くらしき者の一件は、こののち、いかがとり計らわれるおつもりですか」

「ああ、お濃さまがお産みになられた斉広さま御直系のお血筋ですな」

「そうだ。そのお血筋のご存命の噂が、このたびの騒動が始まるきっかけだったからなあ。大年寺では、われらの仲間が雷電組に大勢斬られた」

そうだった、誰それが生きていれば、とみなが言い合った。すると、

「埒（らち）もない」

と、竹越が急に不機嫌になって吐き捨てた。

「乱之介？　御本家のお血筋？　馬鹿ばかしい。そのような胡乱（うろん）な者が由緒あるわが

笠原家のお血筋であるはずがない。そんないい加減な噂にまどわされては、お家の乱れの元だ。捨てておけ。いや、そのような話、いっさいなかった。噂にもならなかった。そういうことだ。みなの衆、よろしいな」

竹越の様子の変化に家士らは顔を互いに見合わせた。そして、

「ははあ」

と、口を噤んだ。

それから粛々と石畳をくだる一同を、城内の豊かな木々を騒がすつくつくぼうしの鳴き声が包んだ。

完　使命

夏、六月の乱雨の翌日、市ヶ谷御門に近い三年坂にある御目付・甘粕孝康（あまかすたかやす）の屋敷に前夜、夜陰にまぎれて忍びこんだ者がいた。

その朝、隠居の甘粕克衛（かつもり）が前日の激しい雨に打たれた邸内の菜園を見廻ったあと、縁廊下に上がり、居室の文机の前に端座したときだった。

克衛は、文机の上に半紙に記されたひと筆の書きおきに気づいた。

「あっ」

克衛は小さく声をもらした。

《使命を果たします　乱》

と、それだけが記してあった。

克衛は急いで立ち、居室の戸棚の文箱をとり出した。

文箱は軽かった。

克衛は文机の前に戻り、組紐をといて文箱の蓋をとった。

中には数通の書状や手紙があるのみで、鈍茶色(にびちゃいろ)のあの見事な表装をほどこした書物はなかった。

「はあ……」

克衛は長い静かな溜息をついた。それから、
ふふ、ふふふ……

と、ひとりで笑った。

障子を開け放った縁廊下の先の庭へ、顔を向けた。

茄子(なす)を植えた菜園に、朝の光がきらきらと降っていた。

一羽の烏が、菜園に渡した横木にぽつんと止まっていた。

烏は克衛と目を合わせ、「鳴(ああ)」とひと鳴きした。


それから二年がたった。

老中水野忠邦(みずのただくに)の天保の改革が始まっていた。

御目付・鳥居耀蔵は甲斐守忠耀(かいのかみただてる)と名を改め南町奉行職に就き、水野忠邦の片腕として改革を推し進めていた。

御目付・甘粕孝康の日々は、老中水野忠邦の受けが少々よくないことをのぞけば、つつがなく続いていた。

ある日、孝康が江戸城中ノ口の御目付御用所にいたとき、御小人目付頭の森安郷が御用所へ現れた。

「どうした」

孝康は傍らに畏まった森へ、変わらぬ涼しげな笑みを向けた。

「お頭、わが隠密の手の者が、長崎の通詞よりお頭に、と預った文です」

森が静かな口調で、孝康だけに聞こえるように言った。

そして、孝康の机の上に一通の書状をおいた。

「どういう内容かわかりませんが、お確かめいただきますよう、お願いいたします」

孝康は書状をとった。すると森が、

「できますことなら、お頭おひとりで」

と言い足した。

「うん？　そうか」

書状は小さな折封だった。

宛名も、誰からかも書かれてはいなかった。

「お読みになられたのち、もしよいとご判断なされたなら、それがしにもお聞かせ願えればと、思っております」

そう言い残し、森は孝康へ一礼し御用所を出た。

孝康は森の様子に、小さな胸騒ぎを覚えた。

周囲を見廻し、書状を胸元の襟に差し入れた。

誰も孝康の素ぶりを気に留めなかった。

孝康は隣の朋輩の御目付に「失礼」と会釈を投げ、御用所を出た。

中ノ口御廊下から蘇鉄之間を通り、御玄関の方へとった。

御玄関には配下の御徒目付の執務部屋がある。

途中の長い御廊下で立ち止まり、孝康は書状を出して開いた。

何やらひどく秘密めかした、悪戯をしているような、恋文を見るような、そんな覚えにとらわれた。

折封にくるんだ手紙は長い物ではなかった。

だが孝康は、全身に熱い血が廻り、身体が痺れるほどの感動を懸命に堪えた。

手紙を持つ手が震えた。

「乱之介、おぬし……」

小さく、震える手紙に言った。だが、それ以上は言葉にならなかった。

孝康の目頭が熱くなった。


一筆啓上、あなた様江。

只今それがしとそれがしの仲間は倫敦(ろんどん)してぃに居住いたしており候。倫敦してぃは英吉利(いぎりす)という領国の江戸の町にて候。あなた様方の御恩により只今倫敦してぃに居住いたすことのできるそれがしの感謝の気持ちを、どのような言葉にてお伝えいたせばよいのかわかり申さず候。

あなた様方の居住なされる江戸には天下の御公儀が有之候。

日の本には日の本の諸国が有之候。

しかしながらそれがしとそれがしの仲間の居住いたす倫敦してぃには、世界が有之候。世界は果てしなきにて候。そして倫敦してぃには限りなき自由と己一個が生きることの尊き誇りが有之候。

尚、例の書物はかの御方に無事おかえし申して候。敬具。

乱

孝康は手紙を折封にくるみなおした。

涙が出たが、愉快でならなかった。

表坊主が御廊下を通りかかり、孝康の笑いながら目をぬぐっている仕種を訝（いぶか）しげに一瞥（いちべつ）した。が、すぐに恭（うやうや）しく一礼し通りすぎていった。

孝康は書状をまた前襟へ差し入れた。

それから胸に掌をあてがい、微笑みを浮かべ、江戸城の御廊下を颯爽（さっそう）と歩んでいった。


（完）

あとがき

時代小説を書くとき、《あと出しジャンケン》をやっているふうな居心地をいつも感じてしまいます。時代が次に、グーチョキパー、の何を出すのかがわかっているのですから、こちらは時代に負けない、グーチョキパー、を出せばよいのですが、するとちょっと面はゆい、幼稚園の綺麗な女先生に「○○ちゃん、ずるしたらあかんよ」と言われそうな、あと出しの後ろめたさが付きまといます。

あと出しジャンケンを《時代の制約》と言い換えれば、居心地は良くも悪くもならないものの、後ろめたさは椅子の高さを調節するみたいに多少やわらぎます。そこでわたしたち時代小説家は、あと出しジャンケンを《時代考証》と言い換えるのです。

しかしながら時代小説家は、あと出しジャンケンで書いた小説が、時代考証に則って、と言い換えることによって後ろめたさが多少やわらぎはしても、はらはらどきどきの乏しい、血湧き肉躍ることの少ない、合戦シーンに迫力を欠いた味気ない合戦絵巻物みたいになってしまう難題に、絶えず直面せざるを得ないのです。

早い話が、あと出しジャンケンの《ずる》をしているから、小説が面白くない。

時代小説家は、はらはらどきどきもなく、血湧き肉躍ることも迫力ある合戦シーンもない時代小説を、それが時代小説というものなんですぅ、と弁解しながら、ならばせめて、時代考証の境界ぎりぎりまで行ってみようではないか、ぎりぎりまで行って境界の壁の隙間（すきま）から覗（のぞ）けば、もしかしたら現代が見えるかもしれない、などと誰も頼みもしない余計な事をしてひんしゅくを買いながら、せっせと書くわけです。

わが主人公・斎乱之介とその仲間たちがいて、幕府御目付役・鳥居耀蔵が後に伝わる蛮社の獄を指揮した天保十年（一八三九）前後、ヨーロッパでは十八世紀後半より始まった産業革命が、フランス革命に続くナポレオン戦争を経て一八三〇年代にほぼ完成を見、近代国民国家の枠組がよちよち歩きをしていた頃にあたります。それ以降、ヨーロッパは国民国家というまだ新品の不慣れな国家システムの中で、金融、経営、科学技術の膨大な資源を蓄積し、発展させ、それはまた凄まじい貪欲（どんよく）さと凶暴さ剝（む）き出しの帝国主義へとつながっていく序曲の時代でもあるのです。

徳川幕府の権力者たちが、国を閉ざす政策に安住し世界に目を背けていたとは思えません。彼らは世界の変化、とりわけ西洋の強大化を知っていただろうし、西洋へ国を開くことが徳川政権の重大な不安定要因になる恐れも抱いていたはずです。

　徳川の権力者たちが西洋と伍する国家運営の手腕を備えていたのは、例えば、老中田沼意次や寛政の改革の松平定信らが、国内商業活動を活発にするため開国を意図する政策を採ろうとしていた事実からも、うかがい知ることができます。

　ただ、彼らを国家運営の官僚として見た場合、その致命的な欠陥は、彼らの優れた政策が公のためではなく、常に徳川家の御ためにあったということです。すなわち、彼らがいかに有能であろうと、彼らは徳川家に仕える家臣・私人でしかなく、徳川政権という総国力およそ三千万石の日本の中央行政運営者の立場にありながら、公に仕える公人とは何か、そして仕えるべき公の正当性とは何か、について思いを馳せる世界性がなかったことが、あと出しジャンケンから見えてくるのです。

　斎乱之介の物語は、乱之介の公民として生きる先進性と徳川家の私物でしかないお上の未開性との戦い、という構成になっています。法はお上のものですが、公正さは乱之介にあります。斎乱之介は、おのれの出自も知らぬ、名もなき捨て子でした。それがこの物語の発端であるのは、ゆえなきことではありません。

　なぜならある意味で乱之介は、現代に生きるわたしたち自身であり、この小説はわたしたち自身が天保時代へタイムスリップして、徳川という未開のお上相手にあと出しジャンケンを武器に戦う物語、と言っていいからです。

さて、斎乱之介は世界へ羽ばたいた、かに推測されます。

あと出しジャンケンなのだから、そういうこともないとは言えないんじゃない、というのがその推測の根拠です。

一方、江戸に残った乱之介のライバル・御目付役の甘粕孝康は、この後、どう振る舞うのでしょうか。いつの日か、徳川政権内の若き官僚・甘粕孝康の目から見える十九世紀世界の中の江戸を覗いて見るのもよいかな、と思っているのですが。

辻堂　魁

この作品は2013年3月徳間文庫として刊行された
『乱雨の如く　疾風の義賊㈢』に補筆した新装版です。

徳間文庫

疾風の義賊三

乱雨の如く
（らんうごと）

〈新装版〉

2019年2月15日 初刷

著者 辻堂魁（つじどうかい）
発行者 平野健一
発行所 株式会社徳間書店
東京都品川区上大崎三－一－一 〒141－8202
目黒セントラルスクエア
電話 編集〇三（五四〇三）四三四九
販売〇四九（二九三）五五二一
振替 〇〇一四〇－〇－四四三九二
印刷 大日本印刷株式会社
製本

ISBN978-4-19-894441-4 （乱丁、落丁本はお取りかえいたします）

徳間文庫の好評既刊

辻堂魁

疾風の義賊㈡

叛き者

斎乱之介は、無実の罪を着せて養父を刑死に追いやった鳥居耀蔵に復讐を誓い、孤児時代の仲間と天保世直党を名乗る。旅芸人に身をやつした道中、渡良瀬川の出入りで瀕死の傷を負った渡世人から末期の託けを頼まれた。江戸で医者をしている弟に、国許の父に会いに帰るよう伝えてくれという。乱之介は危険を顧みず、目付の甘粕孝康ら追捕の目が光る江戸に戻る決意をするが……。長篇時代剣戟。